DICTIONNAIRE SUPERFLU
À L'USAGE DE L'ÉLITE ET DES BIEN NANTIS

JE PLUME A TOUT VENT

Pierre Desproges

DICTIONNAIRE SUPERFLU

À L'USAGE DE L'ÉLITE ET DES BIEN NANTIS

Éditions du Seuil

ILLUSTRATIONS INTÉRIEURES :
page 3 : dessin d'Alain Millerand.
page 11 à 143 : peinture de Jean-Paul Laurens,
L'Empereur Maximilien du Mexique avant son exécution.
Galerie Tretiakov, Moscou.
Archives Roger-Violet. © SPADEM, 1985.

TEXTE INTÉGRAL

ISBN 978-2-02-032436-6
(ISBN 2-02-008658-1, 1re publication)

© Éditions du Seuil, 1985

Le Code de la propriété intellectuelle interdit les copies ou reproductions destinées à une utilisation collective. Toute représentation ou reproduction intégrale ou partielle faite par quelque procédé que ce soit, sans le consentement de l'auteur ou de ses ayants cause, est illicite et constitue une contrefaçon sanctionnée par les articles L. 335-2 et suivants du Code de la propriété intellectuelle.

Voici le plus petit dictionnaire du monde.

Il existe sur le marché des dictionnaires imprimés tout menu. Mais, à y regarder de plus près, ils comportent, sous un format réduit, un très grand nombre de mots. Celui-ci est le seul à ne comporter qu'un seul mot par lettre de l'alphabet. A titre de comparaison, je signalerai au lecteur que la dernière édition du *Petit Robert* comporte 2 000 pages, soit, à raison d'une moyenne de 20 mots par page, 40 000 mots ! Ce qui revient à dire que le *Dictionnaire superflu à l'usage de l'élite et des bien nantis* comporte 39 994 mots de moins que son plus sérieux concurrent.

Des chiffres qui se passent de commentaires et qui expliquent le prix relativement élevé de cet ouvrage hors du commun.

En parcourant le *Dictionnaire superflu à l'usage de l'élite et des bien nantis*, le lecteur sera d'emblée frappé par la clarté de l'ouvrage, à tous points de vue. C'est en effet par souci de clarté qu'il ne comporte que 52 mots, à savoir 26 mots communs et 26 noms propres, séparés par des pages roses pour faire joli. C'est encore par souci de clarté que ces mots ont été répertoriés suivant l'ordre alphabétique, a avant b, b avant c, c avant d, et ainsi de suite jusqu'à z.

Il va de soi que les mots écartés du *Dictionnaire superflu à l'usage de l'élite et des bien nantis* ne l'ont pas été arbitrairement, mais à la suite d'un choix réfléchi et en étroite collaboration avec les plus hautes autorités morales, politiques et religieuses qui se puissent rencontrer dans mon bureau, c'est-à-dire moi et mon chat sur les genoux car octobre est frisquet.

Les mots communs volontairement écartés du *Dictionnaire superflu à l'usage de l'élite et des bien nantis* peuvent se diviser en cinq catégories :

1. *les gros mots*, comme bite, couille, liberté, etc.

2. *les mots incompréhensibles*, comme zérumbert, galipoute, honk, cancéropaf, etc.

3. *les mots imprononçables*, comme pneumnomnie, afctuel, bcnht, etc.

4. *les mots qu'on sait pas si y a deux n*, comme conard, cannard, etc.

5. *les mots qui font de la peine*, comme enculé.

En ce qui concerne les noms propres, mon choix, totalement serein et exempt de toute objectivité, m'a été essentiellement dicté par l'indifférence à peine polie que m'inspirent couramment les artistes inoubliables, les monuments impérissables, les villes gorgées d'histoire et les grands révolutionnaires qui se sont fait couper la tête pour que les ouvriers puissent aller s'emmerder au Tréport en attendant septembre.

L'auteur.

Alunissage raté.

Alunissage n. m., du latin *luna*, la lune, et du préfixe a, très joli également.
Procédé technique consistant à déposer des imbéciles sur un rêve enfantin.
Les accessoires utiles à l'alunissage, outre les imbéciles, sont :
1. La fusée, sorte de véhicule autopropulsé comportant de nombreux aménagements sophistiqués.
2. La terre, pour partir.
3. La lune, pour témoin.

Fin 1984, on évaluait à un, environ, le nombre des alunissages. L'Union soviétique, pourtant surdéveloppée techniquement puisqu'on y produit en moyenne chaque année une chaussure de pointure 42 et une bombe thermonucléaire par habitant, n'a jamais procédé au moindre alunissage. Il faut voir, dans cette attitude antiscientifique de l'URSS, une volonté de respecter les rêves des enfants, qui ne manquera pas de surprendre, venant d'un pays dont le but idéologique avoué est d'établir une société comprenant plus de censeurs que de censurés, sans brûler les juifs.

Exemple de soutane bleue (ici en noir).

Bleu,e adj. et n. m. [bloï, blo, blef, blou, bloue, blau, bla. XIᵉ s.].
Qui est d'une couleur voisine du rouge, mais pas très : un ciel bleu, des yeux bleus, les flots bleus, une Opel Kadett bleue. *Fig.* Bouch. : un steak bleu ; s'emploie pour désigner un steak rouge. *Fig.* Mar. : bizut ; « Faut pas me prendre pour un bleu » (RACKHAM-LE-ROUGE).

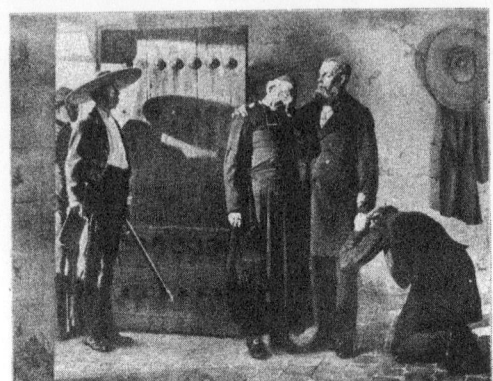
Essayage de chaussures sacerdotales.

Chaussure n. f. Objet que l'on porte à son pied dans le but de l'isoler des sols froids ou grumeleux.
La pénurie de chaussures désoblige le grincheux.

Directeurs mexicains déposant leur bilano.

Directeur n. m., du latin *di*, la première porte, et *rectus*, à droite.

Depuis l'aurore de l'humanité, et jusqu'à la semaine prochaine si les troupes du pacte de Varsovie ne se foutent pas sur la gueule avec celles de l'OTAN, le mot « directeur » a toujours désigné un personnage important. Alors qu'une blanche vaut deux noires, un directeur vaut douze Berrichons au moins.

On ne dit pas « un petit directeur », on dit « un chef de rayon ». On ne dit pas « un grand directeur », on dit « un chef de diamètre ».

Il y a en moyenne beaucoup plus de directeurs

dans une administration que dans un orchestre de jazz.
Le féminin de « directeur » est « la femme du directeur ».

Endiviers ruinés par la grande sécheresse de 1864.

Endive n. f. Sorte de chicorée domestique que l'on élève à l'ombre pour la forcer à blanchir. La caractéristique de l'endive est sa fadeur : l'endive est fade jusqu'à l'exubérance.

Sa forme, qu'on peut qualifier de n'importe quoi, genre machin, est fade.

Sa couleur, tirant sur rien, avec des reflets indescriptibles à force d'inexistence, est fade.

Son odeur, rappelant à l'amnésique qu'il a tout oublié, est fade.

Son goût, enfin, puisque, dit-on, de nombreux pénitents mystiques préfèrent en manger plutôt que de crapahuter sur les genoux jusqu'à Saint-Jacques-de-Compostelle, atteint dans la fadeur gastronomique des sommets que le rock mondial frôle à peine dans la pauvreté créatrice.

L'endive, en tant que vivante apologie herbacée de la fadeur, est l'ennemie de l'homme qu'elle maintient au rang du quelconque, avec des frénésies mitigées, des rêves éteints sitôt rêvés, et même des pinces à vélo. L'homme qui s'adonne à l'endive est aisément reconnaissable, sa démarche est moyenne, la fièvre n'est pas dans ses yeux, il n'a pas de colère et sourit au guichet des Assédic. Il lit *Télé 7 Jours*. Il aime tendrement la banalité. Aux beaux jours, il vote, légèrement persuadé que cela sert à quelque chose.

Sans femme, l'homme s'étiole.

Femme n. f., du latin *femina*. Être humain de sexe non masculin.

« La femme est le produit d'un os surnuméraire », disait BOSSUET qu'on ne saurait taxer de misogynie eu égard à l'exquise compréhension qu'il afficha toute sa vie à l'endroit de la gent féminine, huguenotes et catins exceptées.

Cette définition toute nimbée de délicatesse semble aujourd'hui quelque peu restrictive. La femme, à y regarder de plus près, est beaucoup plus qu'une excroissance osseuse. La femme est une substance matérielle organique composée de nombreux sels minéraux et autres pro-

duits chimiques parés de noms gréco-latins comme l'hydrogène ou le gaz carbonique, qu'on retrouve également chez l'Homme, mais dans des proportions qui forcent le respect.
Diversement amalgamés entre eux en d'étranges réseaux cellulaires dont la palpable réalité nous fait appréhender l'existence de Dieu, ces tissus du corps féminin forment les viscères. Certains sont le siège de l'amour.
La femme est assez proche de l'Homme, comme l'épagneul breton. A ce détail près qu'il ne manque à l'épagneul breton que la parole, alors qu'il ne manque à la femme que de se taire. Par ailleurs, la robe de l'épagneul breton est rouge feu et il lui en suffit d'une.
Dépourvue d'âme, la femme est dans l'incapacité de s'élever vers Dieu. En revanche, elle est en général pourvue d'un escabeau qui lui permet de s'élever vers le plafond pour faire les carreaux. C'est tout ce qu'on lui demande.
La femme ne peut se reproduire seule, elle a besoin du secours de l'Homme, lequel, parfois, n'hésite pas à prendre sur ses heures de sommeil pour la féconder. Des observateurs attentifs affirment que la femme prend un vif plaisir dans cette satisfaction de sa viviparité.
La gestation, chez la femme, dure deux cent soixante-dix jours, au cours desquels elle s'empiffre, s'enlaidit, gémit vaguement, tout en

contribuant à faire grimper les courbes de l'absentéisme dans l'entreprise.
Au bout de ces neuf mois, le petit d'Homme vient au monde. L'accouchement est douloureux. Heureusement, la femme tient la main de l'Homme. Ainsi, il souffre moins.

« A la porte du gynécée » *(E. Delacroix, détail).*

g

Gynécée n. m., du grec *gunaïkos*, la femme. Appartement de femmes à Athènes et à Rome, dans l'Antiquité, ou à Vierzon, dans le Cher, mais là ça ne compte pas, c'est un bordel.
On retrouve également le terme gynécée dans le vocabulaire arabe littéraire classique, où il prend un sens nettement différent, « gynécée » signifiant ici — littéralement — « non-connaissance », comme le souligne son utilisation dans ce dialogue extrait des *Contes des mille et une nuits* :
« Ou kilé li misée di Lôvre ?
— Gynécée pas. »

Divers stades d'évolution de l'hémiplégie.

h

Hémiplégique adj. et n. Relatif à l'hémiplégie. Personne atteinte d'hémiplégie, c'est-à-dire de la paralysie de la moitié du corps provoquée le plus souvent par une lésion cérébrale dans l'hémisphère Nord, où les nuits sont plus fraîches.

« Qu'on soit de gauche ou qu'on soit de droite, on est hémiplégique », dit un jour Raymond Aron à Jean-Paul Sartre qui lui répondit : « Je ne vois pas très bien ce que vous voulez dire par là. Par là non plus. »

Remarque : certains grammairiens dignes de foi pensent que le « H » des mots Hémiplégique, Haricot, Havet sont en réalité des « N » dont la barre centrale aurait été culbutée par les Huns. Hypothèse qui ne manquera pas de séduire ; le bon usage voulant que l'on dise un Némiplégique, un Naricot, un Navet. Exemple : « Oh ! le beau navion » (NELLY COPTÈRE, *Le « H » à Spirou*, éditions Dupuis).

Les ravages de la puce à curés en Amérique du Sud.

Insecte n. m., du latin *insectus*, sous le tabouret. Ainsi le mot insecte désigne-t-il un animal si petit qu'il peut (à l'aise) passer sous un tabouret sans ramper, alors que le python, si. Les insectes sont des invertébrés de l'embranchement des articulés. Il n'y a pas de quoi se vanter. Leur corps, généralement peu sensible à la caresse, est entouré d'une peau à chitine d'aspect volontiers dégueulasse. Il se compose de trois parties :
1. La tête, avec deux antennes que l'enfant aime à couper au ciseau pour tromper son ennui à la fin des vacances, deux gros yeux composés à facettes et peu expressifs au-delà

du raisonnable, et une bouche très dure garnie d'un faisceau redoutable de sécateurs baveux dont la vue n'appelle pas le baiser.

2. Le thorax, lisse et brillant, affublé d'un nombre invraisemblable de pattes et le plus souvent garni de deux paires d'ailes dont la finesse des nervures ne manque pas de surprendre, chez un être aussi fruste. C'est grâce à ses ailes que l'insecte peut vombrir, signalant ainsi sa présence au creux de l'oreille interne de l'employé de banque assoupi.

3. L'abdomen, divisé en gros anneaux mous et veloutés et percé sur les côtés de maints trous faisant également office de trachées pulmonaires. (« Ce qui est étrange, chez la libellule, c'est qu'elle respire par où elle pète », MAURICE GENEVOIX, *Humus*.)

Il existe plusieurs millions d'espèces d'insectes. Certains vivent en Seine-et-Marne, au Kenya, ou sur un grand pied, tel le cafard landais qui, comme le berger du même nom, vit juché sur des échasses pour dominer fièrement les ordures ménagères dont il est friand.

Certains insectes, comme la mouche des plafonds, possèdent des ventouses sous les pattes qui leur permettent de se coller aux ptères.

Pie XII repoussant le juif (Chapelle Sixtine, détail).

j

Judaïsme n. m. Religion des juifs, fondée sur la croyance en un Dieu unique, ce qui la distingue de la religion chrétienne, qui s'appuie sur la foi en un seul Dieu, et plus encore de la religion musulmane, résolument monothéiste.

Un kamikaze égaré se pose à Mexico (Ph. Harcourt).

Kamikaze n. m. (mot japonais signifiant *tempête providentielle*). Exemple : « Après dissipation des brumes matinales, les kamikazes viendront réchauffer l'atmosphère au large des côtes. »
Par extension, le mot « kamikaze » a désigné, pendant la Seconde Guerre mondiale, les pilotes-suicide japonais qui venaient s'écraser sur les porte-avions américains pour vérifier le principe d'Archimède dans la rade d'Hawaii.
En temps de paix, le kamikaze s'étiole. N'ayant nul porte-avions sur lequel s'abattre, il se sent inutile à la société. L'envie de se suicider l'étreint et, croyez-moi, pour quel-

qu'un dont la raison de vivre est de mourir, l'idée de mort est invivable. Je ne sais pas si je suis clair, mais ça m'est égal.

Quand l'envie de se suicider étreint le kamikaze, nous devons l'aider à affronter gaiement son autodestruction. Il est du devoir du chrétien d'assister son frère nippon aux portes de l'Au-delà, sans compter qu'un militaire de moins, c'est toujours ça de pris.

Pour aider un kamikaze désespéré à en finir, il suffit de le mettre au bord d'une falaise et d'imiter le cri du porte-avions. Aussitôt, le malheureux se jettera dans le vide, les bras en croix, en imitant le cri du chasseur-bombardier équipé d'un moteur de 960 CV, et en hurlant : « Banzaï ! », ce qui signifie littéralement : « Hop ! »

La femelle du kamikaze s'appelle la kamikazette. Plus fluette que le mâle, il suffit de la pousser du haut d'un tabouret pour qu'elle plonge sur la moquette en imitant le cri de l'ULM et en hurlant les mêmes conneries, mais un ton au-dessus.

Pour se reproduire, le kamikaze, après une danse d'amour assez fastidieuse et suintante de simagrées extrême-orientales, dispose la kamikazette au centre du lit nuptial. Puis il grimpe sur l'armoire Henrito II et se jette dans le vide en criant : « Bito, bito », ce qui signifie littéralement : « I love you. » Quand le lit casse, on dit que l'hiver sera rigoureux.

Pleureuses lazaristes à la Saint-Sombrero.

1

Lazariste n. m. Nom donné aux membres de la Société des prêtres de la Mission, fondée en 1625 par saint Vincent de Paul, et appelés ainsi parce qu'ils adoraient la gare Saint-Lazare, alors qu'il n'y a pas de quoi.
Le seul intérêt de la gare Saint-Lazare réside dans sa capacité à contenir des trains. L'un d'entre eux, baptisé « Train pour Lisieux » sous prétexte qu'il va à Lisieux, présente la particularité — comme son nom l'indique — d'aller à Lisieux.
Comme les francs-maçons ou les Haré-Krishna, les lazaristes se réunissent en douce la nuit dans des caves où ils se déguisent en

n'importe quoi avant de psalmodier de dérisoires incantations à Jean-Baptiste Locomotive, l'inventeur du chemin de fer, qui sera probablement canonisé avant que ça me reprenne.

J.-Y. Cousteau mimant le mégathérium aux Journées médicales de Mexico.

Mégathérium n. m., du grec *méga*, grand, et *thérion*, bête. Mammifère de l'ordre des édentés, qui vivait au début du quaternaire en Amérique du Sud et dont la taille pouvait dépasser quatre mètres cinquante.

Une étude détaillée du squelette du mégathérium nous permet de penser que cet animal était vivipare et que, par le fait, il avait tendance à se reproduire comme mon cousin Christian.

Le seul ancêtre connu du mégathérium est le maximégathérium, dont la taille pouvait atteindre vingt-cinq mètres. On peut raisonnablement penser qu'il ne s'entendait même pas péter.

En 1892, le paléontologue suisse Jean Christian Lexumet a découvert dans la Pampa le squelette parfaitement conservé d'un mégathérium de neuf mètres vingt ! Un an plus tard, à l'automne 93, mourait Jules Ferry. Bien qu'il n'y ait aucun rapport de cause à effet entre ces deux événements, nous ne saurions manquer une si belle occasion de ricaner une fois de plus sur la tombe de cette baderne colonialiste à qui nous-mêmes et nos enfants devons de voir les plus belles heures de nos jeunes existences totalement gâchées en indigestes bourrages de crâne, cependant que, de l'autre côté des fenêtres grises de l'école sombre, le papillon futile lutine la frêle papillonne dont le cri de joie fait frémir le gazon tendre où perle encore la rosée, fragile et discret témoin de la jouissance émue jaillissant des humus à l'aube printanière.

Goering implore le pardon de l'abbé Lévy (Archives Nuremberg).

n

National-socialisme n. m. Doctrine fondée par Adolf Hitler pendant les années folles. En abrégé, on dira plus volontiers « nazisme », c'est plus joli.

Le nazisme, tombé en désuétude en 1945 — excellente année pour les bordeaux rouges, encore qu'on puisse lui préférer 1947 —, prônait le racisme, le militarisme, le progrès social et l'assiduité aux carnavals métalliques avec flambeaux et oriflammes à grelots.

Décidés à étendre le territoire allemand au nom de la théorie de l'espace vital, les nationaux-socialistes (en abrégé on dira plus volontiers « nazis », c'est plus pimpant) avaient cru remarquer accessoirement que la race germanique engendrait des surhommes beaux, grands, blonds, sobres en humour et élégamment bornés. Forts de quoi, ils s'obstinèrent pendant des années à exterminer les petits bruns dont certains véhiculaient sournoisement le virus du coryza, voire un atavisme austro-polonais douteux ou une prédilection suspecte pour la carpe farcie et les poivrons à l'huile.

Pour attirer les petits bruns, les nazis avaient imaginé de les emmener à la campagne dans des bungalows de bois relativement frustes, au cœur d'immenses clubs privés très bien protégés des curieux par des gardes assermentés et leurs chiens, de race également.

Pour atténuer les souffrances des petits bruns finissants, les nazis les endormaient au gaz avant de les empiler dans la cour. Contrairement à la rage, le nazisme n'est pas remboursé par la Sécurité sociale. Il est pourtant contagieux. Sa prévention passe obligatoirement par le respect des synagogues, le mépris de la mitraille et un minimum de réceptivité cordiale au chant plaintif des violons tziganes.

L'abbé Pierre jette un œil sur la misère (photo Emmaüs).

O

Œil n. m., du latin *oculus*. Pluriel : des yeux (un seuil, des cieux ; un deuil, des dieux ; un œil, des yeux).

L'œil est à la vue ce que *l'Humanité* est au parti communiste : c'est son organe central.

L'œil est un outil merveilleux. C'est grâce à lui que l'homme peut, en un instant, reconnaître à coup sûr une langoustine d'un autobus, ce qui lui confère évidemment un immense sentiment de puissance sur la nature. La preuve en est qu'un homme privé de ses yeux se met instantanément à raser les murs honteusement.

Un homme privé de ses yeux s'appelle un aveugle, dans le langage populaire, ou un

non-voyant, dans le dialecte des politicards populistes gluants.
Les aveugles sont parfois ridicules. On en a vu manger des autobus ou voyager en langoustine. Pour ne rien arranger, les aveugles lisent en braillant, au risque de réveiller les sourds.

L'œil se compose essentiellement de l'iris, lui-même percé en son centre de la pupille. Contrairement à la pupille de la nation, la pupille de l'œil peut se refermer sur elle-même ou s'agrandir à tout moment, sans autorisation spéciale des pouvoirs publics, même dans les pays totalitaires : on cite le cas de plusieurs dizaines de milliers de pupilles s'agrandissant d'effroi en toute liberté, en Union soviétique et au Chili notamment. Le fond de l'œil est tapissé de la rétine sur laquelle se forment des objets tels que langoustine, autobus, etc. dont l'encéphale, qui a oublié d'être con, enregistrera la perception grâce au nerf optique.
L'œil humain est une mécanique merveilleuse dont la réussite parfaite nous conforte dans notre foi en Dieu. On regrettera seulement que l'œil du cochon d'Inde ou du verrat périgourdin bénéficient de la même géniale complexité. C'est vexant, même à Périgueux.
Les principales anomalies de l'œil sont : la myopie, qu'on corrige à l'aide de verres diver-

gents ; l'hypermétropie, qu'on corrige par le port de verres convergents ; le strabisme, qui prête à rire ; et la cyclopie, qu'on corrige par le port du monocle.

L'œil est capable du clin. Le clin est la base même de la spécificité de l'œil. Il n'existe pas, en effet, de clin d'oreille, ni de clin de nez. Le clin d'œil sert à marquer subrepticement une complicité tacite entre deux ou plusieurs chenapans. Il permet aussi au dragueur de se faire connaître avec une relative retenue et une certaine discrétion qu'on ne retrouve pas dans la main au panier.
L'œil du sourd est normal.

Le pangolin s'est échappé (photo Paris-Match).

p

Pangolin n. m., du malais *panggoling*, qui signifie approximativement pangolin. Mammifère édenté d'Afrique et d'Asie couvert d'écailles cornées, se nourrissant de fourmis et de termites.

Le pangolin mesure environ un mètre. Sa femelle s'appelle la pangoline. Elle ne donne le jour qu'à un seul petit à la fois, qui s'appelle Toto.

Le pangolin ressemble à un artichaut à l'envers avec des pattes, prolongé d'une queue à la vue de laquelle on se prend à penser qu'en effet, le ridicule ne tue plus.

Quadrumanes, dont quatre debout.

q

Quadrumane adj. et n. m., de *quadru*, quatre, et *manus*, main.
Qui a quatre mains. Exemple : le rossignol n'est pas quadrumane.

Avant Pie IX, les rouquins étaient excommuniés.

r

Rouquin,e adj. et n. *Fam.* : qui a les cheveux roux. Le rouquin est un mammifère vivipare omnivore assez voisin du blondinet. Pas trop voisin quand même, car le blondinet fuit le rouquin dont on nous dit qu'il pue, qu'il est la honte de l'espèce, le banni pestilentiel au regard faux sous un sourcil rouille. Méfions-nous des jugements hâtifs : la femelle du rouquin n'est pas la rouquine. Aussi vrai que celle du coquin n'est pas la coquine. Ou alors si, mais pas forcément. En règle générale, nous dirons que la coquine sied mieux au rouquin, et la rouquine au coquin, que la coquine au coquin ou la rouquine au rouquin.

Parmi les différents types de rouquins, le rouquin cul-de-jatte est le plus défavorisé. A l'instar du manchot qui louche, le rouquin cul-de-jatte prête à rire doublement.

On reconnaît le rouquin aux cheveux du père, et le requin aux dents de la mère.

Passé la cinquantaine, le rouquin risque de perdre ses cheveux, soit par le simple effet du temps qui passe, soit à la suite d'un traitement anticancéreux généralement inutile, mais toujours à la mode chez les mondains de Villejuif. Dans un cas comme dans l'autre, il serait presque impossible alors de reconnaître un rouquin d'un homme normal, n'étaient-ce les tâches de rousseur que Dieu inventa au soir du Premier Jour, alors qu'il secouait ses pinceaux sans malice après avoir créé le premier crépuscule flamboyant à l'ouest d'Éden.

De gauche à droite : les cinq sens.

S

Sens n. m., du latin *sensus*. Faculté par laquelle un organisme vivant — plante, animal, directeur de la maison de la Culture de Sarcelles-Lochères, etc. — est renseigné sur certains éléments du milieu extérieur de nature physique (vue, audition, sensibilité à la pesanteur, toucher) ou chimique (goût, odorat).

Les organes des sens, chez Gégène, et, par extension, chez l'homme en général, sont : la vue, le goût, l'odorat, le toucher, et Louis.

La vue est l'organe des sens le plus important. Il suffit pour s'en convaincre d'observer le comportement d'un aveugle pendant une exhibition des ballets Moïsseiev : il maugrée, bougonne, s'impatiente. C'est un être aigri, frustré, peu ouvert à la facétie : offrez-lui un bilboquet, il se blessera. Mis à part ce qu'il y a à l'intérieur d'une noix, le voyant, en revanche, peut tout voir, depuis les brumes du quai du Louvre jusqu'au couchant sur les flèches de Chartres, en passant par le squelette noir des ruines de Tiffauges, encore qu'en prenant par le périph et l'autoroute A6 ça gagne pas mal de temps. Ensuite, pour faire Chartres-Tiffauges, voir la carte Michelin 67. Je crois que c'est 67. Cela dit, Tiffauges, c'est très surfait. Quelques pans de murs cernés de lierre où trois corbeaux sacerdotaux s'emmerdent au vent d'ouest, c'est tout ce qu'il reste de ce temps de la démence, où, sept siècles plus tôt, Gilles de Rais le terrible dépeuplait la Vendée en sodomisant à mort les enfants impubères pour tenter d'effacer le souvenir brûlant de la Pucelle.

Louis est pas mal non plus. Sans Louis, comment savoir que c'est le plombier ? Combien de non-entendants riraient encore à la vie s'ils n'avaient pas fait la sourde oreille et traversé la rue Royale à l'instant même où leur camarade de promotion hurlait : « Fais gaffe, voilà le 94 » ?
Le sourd le plus célèbre du monde s'appelle

Ludwig van Beethoven. Je le précise à l'intention des jeunes pour qui l'histoire de la musique commence à Liverpool et finit par buter à la porte de Pantin, Ludwig van Beethoven fut un compositeur de musique allemand du siècle dernier qui nous fit, tout de même, trente-deux sonates pour piano, neuf symphonies, pas mal de quatuors et un ulcère du duodénum auquel il faut attribuer ce douloureux faciès de cégétiste sous banderole qu'on lui voit dans le triste portrait qu'en brossa Waldmüller.

Le toucher est le moins passionnant des cinq sens. Nous nous contenterons de l'effleurer.

L'odorat permet au parfumeur de survivre à la crise. C'est un sens très prisé des commissaires-priseurs. Pour l'homme privé d'odorat, le N° 5 de Chanel, c'est de la merde. Au contraire, un odorat raffiné permet à celui qui le possède de jouir avec une infinie subtilité des senteurs de la vie, car il n'est pas de jouissance totale qui ne passe par un bon nez (lire à cet égard le chef-d'œuvre de Mme SISSI RANO DE BERGERAC, *Pif Paf*, éditions des Forces nasales).

Le goût, enfin, que nous avons gardé pour la bonne bouche, c'est bien le moindre hommage à lui rendre, peut être considéré comme le plus

distingué des cinq sens. Au reste, il fait généralement défaut chez les masses populaires où l'on n'hésite pas à se priver de caviar pour se goinfrer de topinambours ! On croit rêver !! C'est pourquoi je fous tout à coup des points d'exclamation partout alors que, généralement, j'évite ce genre de ponctuation facile dont le dessin bital et monocouille ne peut qu'heurter la pudeur.
Mêlé à l'odorat le plus fin, le goût le plus délicat fait le grand sommelier. A l'heure où j'écris ces lignes, et pour longtemps j'espère, le champion du monde des sommeliers est un Français, M. Jean-Luc Pouteau, qui est capable, les yeux bandés, de distinguer un margaux 47 d'une bavette aux échalotes.

Exemple d'autotorture : la génuflexion.

t

Torture nom commun, trop commun, féminin, mais ce n'est pas de ma faute. Du latin *tortura*, action de tordre.

Bien plus que le costume trois-pièces ou la pince à vélo, c'est la pratique de la torture qui permet de distinguer à coup sûr l'homme de la bête.

L'homme est en effet le seul mammifère suffisamment évolué pour penser à enfoncer des tisonniers dans l'œil d'un lieutenant de vaisseau dans le seul but de lui faire avouer l'âge du capitaine.

La torture remonte à la nuit des temps. A peine eût-il inventé le gourdin, que l'homme de

Cro-Magnon songeait aussitôt à en foutre un coup sur la gueule de la femme de Cro-Magnonne qui refusait de lui avouer l'âge de pierre.

Mais il fallut attendre l'avènement du christianisme pour que la pratique de la torture atteigne un degré de raffinement enfin digne de notre civilisation. Avant cet âge d'or, en effet, la plupart des supplices, en Haute-Égypte et jusqu'à Athènes, relevaient hélas de la plus navrante vulgarité. Les Spartiates eux-mêmes, au risque d'accentuer la dégradation des sites, n'hésitaient pas à précipiter leurs collègues de bureau du haut des falaises lacédémoniennes pour leur faire avouer la recette de la macédoine. Quant à l'invasion de la Grèce par les légions romaines, on n'en retiendra que la sanglante boucherie au cours de laquelle le général Pinochus se fit révéler le théorème de Pythagore en filant des coups de pelle aux Ponèses.

Pour en revenir aux chrétiens, on n'oubliera pas qu'après avoir été, sous les Romains, les premières victimes de la torture civilisée, ils en devinrent les plus sinistres bourreaux pendant l'Inquisition. Aujourd'hui encore, quand on fait l'inventaire des ustensiles de cuisine que les balaises du Jésus'fan Club n'hésitaient pas à enfoncer sous les ongles des hérétiques, ce n'est pas sans une légitime appréhension qu'on va chez sa manucure.

Aux portes de l'an 2000, l'usage de la torture en tant qu'instrument de gouvernement se porte encore bien, merci. Même si, sous nos climats, elle a tendance à tomber en désuétude. Pour citer un pays occidental, au hasard, nous sommes en mesure d'affirmer qu'à Monaco, par exemple, le nombre des bourreaux par habitant est actuellement de zéro pour mille. D'ailleurs, on voit mal quelles raisons pourraient pousser un croupier à empaler un milliardaire.

Hélas, quand on s'écarte un peu plus de l'Hexagone, que ce soit vers l'ouest, vers l'est ou vers le sud, on rencontre encore, dans des contrées exotiques pourtant ouvertes au progrès, à trois pas de la piscine du Hilton, ou dans les steppes démocratiques les plus populaires, des empêcheurs de penser en rond qui cognent et qui charcutent, qui enferment et qui massacrent, qui souillent et qui avilissent, et même — ah, les cons ! — qui arrachent les ailes des poètes au nom de l'avenir de l'homme.

Absence d'uropygienne chez le non-canard.

u

Uropygienne adj. f., du grec *oura*, queue, et *pugê*, fesse. Se dit d'une glande graisseuse qui se trouve au croupion des oiseaux, et dont la sécrétion sert à graisser les plumes.
Est-il plus plaisant spectacle que celui du cygne sauvage s'escagassant le fion d'un bec fouineur sur l'étang brumeux que le soleil levant redore au clair matin ! Croyez-vous que ce fringant palmipède se titille ainsi le sphincter dans l'espoir de quelque orgasme à plumes ? ou bien qu'il s'ébroue la houppette pour en chasser les poux d'eau qui s'accrochent à son duvet pour en sucer la moelle du penne * ?

* Riche en azote et en sels minéraux.

Eh bien non ! Si notre cygne matinal se colle si joliment le nez au cul, c'est pour y ponctionner, sur le pourtour suintant de sa glande uropygienne, la grosse graisse grasse grise dont il enduira d'un bec sûr et léger son plumage éclatant que le soleil levant redore, au clair matin également. Ainsi oint, Coincoin pourra glisser sur l'onde avec cette grâce exquise qui n'existe pour ainsi dire pas chez le tuyau de plomb, et cela à l'abri du rhume de canard, si courant pendant le froid du même nom, et sans risquer de couler. Ce qui est fort important. C'est à sa parfaite insubmersibilité que le cygne sauvage doit sa légitime arrogance. On n'imagine pas un cygne couler. Ce serait aussi grotesque qu'un pape pétant au balcon un jour de Pâques. Dieu nous épargne semblables incongruités. Merci, mon Dieu. *Caeli enarrant gloriam tuam*.

Pour en revenir au trou du cul, évitons la grossière erreur, courante chez les gens du peuple, qui confondent souvent l'uropygienne et la caroncule, au risque de se ridiculiser dans les soirées mondaines où, Dieu encore merci, on ne les convie guère. La caroncule, qu'on se le dise, est à l'autre bout de l'oiseau, puisqu'il s'agit de ce machin ridicule que le dindon se laisse pendre sous le cou pour essayer d'avoir l'air plus con que le paon. Lequel criaille.

Alors que le dindon glougloute. Parfaitement. Le dindon glougloute. C'est la poule qui glousse. Plus précisément, elle glousse pour appeler ses petits. Quand elle échange des idées d'ordre général avec sa camarade de poulailler, ou qu'elle est sur le point de pondre, on dit qu'elle caquette. Alors que l'oie, non. L'oie cacarde. Pas le jars. Le jars jargonne. Alexandre Vialatte ajouterait que la caille carcouille, la huppe pullule et le loup glapit. C'était un homme fort cultivé, d'une prose infiniment élégante, d'un humour plus subtil, plus tendre et plus désespéré qu'un la mineur final dans un rondo de Satie. Alors que, pour en finir avec la basse-cour, les oiseaux porteraient plutôt l'intellect au ras de la glande uropygienne. Ce n'est pas Chaval qui me contredira.

Vasille Vasidon Vasimimile mimant le vélo devant Pie IX à la foire de Mexico.

V

Vélo n. m., abrév. de vélocipède, du latin *velox*, rapide, et *pes, pedis*, pied. Véhicule à deux roues dont la roue arrière est actionnée par un système de pédales agissant sur une chaîne. Une erreur courante consiste à penser que le vélo est le mari de la bicyclette. C'est faux. C'est son amant.

A l'origine, le vélocipède était formé de deux roues de diamètres différents : la grande roue à l'avant, la petite à l'arrière, parce que si Jean-Sébastien Vélocipède, l'inventeur, avait fait le contraire, il se serait cassé la gueule à peine hissé sur sa selle.

Dix ans après l'invention du vélo, le jeune

Paul-Émile Bicyclette commet une erreur invraisemblable à la chaîne : il assemble deux grandes roues sur la même machine, et deux petites sur une autre, créant ainsi, tout à fait par hasard, ces deux grands chefs-d'œuvre du génie humain : le grand vélo et le petit vélo. D'où l'expression désormais courante : « avoir un petit vélo » qui désigne le plus souvent les gens qui se mélangent les pédales.

Tombé en désuétude, en tant que moyen utilitaire de locomotion, depuis l'avènement de Concorde qui permet de rallier New York à Paris sans s'encombrer de boyaux de rechange ou de bidons disgracieux, le vélo est encore utilisé de nos jours à des joutes sportives très connues dans nos régions sous le nom de « courses de vélo ».

Encore peu encline aux joies du golf et toujours fermée aux émois de l'aquaplane, la masse est très friande de ces courses de vélo, dont la plus célèbre est le « Tour de France ». Créé en 1904 par Vasille Vasilliu Vasidon Vasimimile, le Tour de France rassemble chaque été, sur le bord des routes, des centaines de milliers de prolétaires cuits à point qui s'esbaudissent et s'époumonent au passage de maints furonculés tricotant des gambettes. Dans les côtes, ces jeunes effrénés pédalent la tête plus bas que le cul, ce qui leur permet de se gnougnouter l'uropygienne sans risquer de torticolis. Voilà pourquoi les coureurs cyclistes ont si souvent le cheveu gominé.

Gambetta (à droite) terrassé par le chivas Regal.

W

Whisky n. m. (mot anglais emprunté à l'irlandais). Eau-de-vie de grain que l'on fabrique surtout en Écosse et aux États-Unis.
Le whisky est le cognac du con.
Son bouquet évoque la salle d'emboîtage des vaccins antigrippaux de l'institut Mérieux. Additionné d'eau gazeuse, il insulte le palais de l'homme de goût qu'il éclabousse d'inopportune salaison et de bulles impies que le Champenois crache au noroît dans son mépris d'Albion.
En vieillissant, le whisky gagne en platitude ce qu'il perd en infamie. On peut y conserver ses bébés morts en bas Armagnac.

Le xiphophore vénéneux est lacrymogène (Travaux du Dr Schwartzenberg).

X

Xiphophore n. m., du grec *xiphos*, épée, et *phoros*, qui porte. (A ne pas confondre avec senestrophore, du grec *phoros*, qui porte et du latin *sinister*, à gauche.)

Le xiphophore est un petit poisson de coloration variée, de six à dix centimètres de long, originaire du Mexique, très fécond, et qu'on trouve fréquemment dans les aquariums, à condition de le mettre dedans. Le mâle a la queue pointue, d'où son nom.

Le xiphophore porte à son cou, en souvenir de toi, ce soupir de soie qui n'appartient qu'à nous. Ce n'est pas qu'il fasse froid, le fond de l'air est doux : c'est une nageoire ventrale qui lui permet de se tenir immobile entre deux eaux pour faire la siesta. Comme la plupart des poissons, le xiphophore affiche en permanence une expression béate. C'est parce qu'il baise dans l'eau. C'est très très bon pour la béatitude. Au contraire, les gens qui n'ont jamais baisé dans l'eau, comme Adolf Hitler ou Ludwig van Beethoven, affichent volontiers un air revêche.

Au moment de se reproduire, le xiphophore émet un cri strident : « Christiane ! » pour appeler la xiphophorette qui accourt bientôt ventre à flotte, la caudale en feu. S'ensuit alors une danse d'amour effrénée dont le tendre spectacle ne peut que toucher le cœur de tout homme capable de supporter un documentaire écologique marin sans balancer ensuite une grenade offensive dans le lac d'Enghien.

Les ysopets funèbres de Bossuet bouleversaient Zapata.

y

Ysopet n. m., du latin *ysopetus* (*ysopetae, ysopetam, ysopetorum*). Nom donné, au Moyen Age, à des fables ou recueils de fables imitées ou non d'Ésope : les ysopets d'Anne de Beaugency, de Charles de Brabant, de Zézette d'Orléans sont parmi les plus célèbres.

Avec cet effroyable cynisme d'emperruqué mondain qui le caractérise, La Fontaine n'hésita pas à puiser largement dans les ysopets des autres pour les parodier grossièrement et les signer de son nom. Grâce à quoi, de nos jours encore, ce cuistre indélicat passe encore pour un authentique poète, voire pour un fin moraliste, alors qu'il ne fut qu'un pilleur d'idées sans scrupule, doublé d'un courtisan lèche-cul craquant des vertèbres et lumbagoté de partout à force de serviles courbettes et honteux léchages d'escarpins dans les boudoirs archiducaux où sa veulerie plate lui assura le gîte, le couvert et la baisouillette jusqu'à ce jour de 1695 où, sur un lit d'hôpital, le rat, la belette et le petit lapin lui broutèrent les nougats jusqu'à ce que mort s'ensuive, ce qui prouve qu'on a souvent besoin d'un plus petit que soi. Essayez de vous brouter vous-même les nougats, vous verrez que j'ai raison.

« Saint Georges terrassant le zeugma » (Greuze).

Z

Zeugma n. m. (mot grec signifiant *réunion*). Procédé tordu qui consiste à rattacher grammaticalement deux ou plusieurs noms à un adjectif ou à un verbe qui, logiquement, ne se rapporte qu'à l'un des noms. Suis-je clair ? Non ? Bon.

Exemple de zeugma : « En achevant ces mots, Damoclès tira de sa poitrine un soupir et de sa redingote une enveloppe jaune et salie » (ANDRÉ GIDE). C'était un zeugma.

En voici un autre : « Prenant son courage à deux mains et sa Winchester dans l'autre, John Kennedy se tira une balle dans la bouche » (RICHARD NIXON, *J'ai tout vu, j'y étais*).

Plus périlleux, le double zeugma : « Après avoir sauté sa belle-sœur et le repas du midi, le Petit Prince reprit enfin ses esprits et une banane » (SAINT-EXUPÉRY, *Ça creuse*).

Tel est le zeugma. Il était bon, ami lecteur, que tu le susses. Oh, certes, on peut très bien vivre sans connaître la signification du zeugma. Une récente statistique nous apprend que plus de quatre-vingt-quinze pour cent des mineurs lorrains ignorent totalement ce qu'est un zeugma ! ! Est-ce que cela les empêche d'aller au charbon en sifflotant gaiement *la Marche turque* ? Mais introduisez maintenant l'un de ces mêmes mineurs dans un salon mondain, et branchez la conversation sur le zeugma : qui a l'air con ? C'est le merle des corons, avec ses gros doigts noirs sur la flûte à champagne. Il ne lui restera plus qu'à filer en tâchant de reprendre sa dignité et sa pioche dans le porte-parapluie, et de réintégrer son HLM horizontale en sifflant tristement le final de l'*Œdipus rex* de Stravinski.

LOCUTIONS LATINES ET ÉTRANGÈRES

Ad bitam aeternam, amen
Tant qu'on baise, je ne dis pas non.

Réponse de Caligula à une esclave égyptienne qui lui représentait le plat de nouilles alors qu'il butinait sa sœur Escarpina. Expression utilisée aujourd'hui encore dans les hôtels quatre étoiles pour signifier élégamment qu'on ne souhaite pas être dérangé par le maître d'hôtel quand on est dans la femme de ménage.

Alea jacta est
Ils sont bavards, à la gare de l'Est.

Alea jacta ouest
A Montparnasse aussi.

Ave Caesar Morituri te salutant
Bonjour César, tu as le le bonjour d'Olive Morituri.

S'emploie pour dire bonjour chez les Morituri.

Chi va piano, va sano
Fais pas dans le piano, va aux toilettes.

Manière discrète de guider l'être aimé dans le nid d'amour sans tomber dans la vulgarité.

Ecce homo
Voici la lessive.

Allusion au suaire du Christ, qui était plus blanc que celui des deux larrons. Par extension, s'emploie pour désigner du beau linge.

Eggare humanum est
Je suis garé devant la gare de l'Est.

S'utilise pour signifier qu'on est dans l'inquiétude.

Eli, Eli, lamma sabachtani !
Ciel, Ciel, mon mari !

Dernières paroles du Christ en croix.

Fiat lux !
Oh, la belle voiture !

God save the king
Le roi s'amuse avec son bilboquet.

Par cette expression, le duc William Faithfoll, attaché à la garde personnelle d'Henri III au Louvre, écartait les importuns à la porte royale.

In vino veritas
Un petit rouge bien tassé.

Se dit affectueusement d'un nain communiste très vieilli.

Ite, missa est
Je l'ai perdu à la gare de l'Est.

Ne doit s'employer que si on l'a perdu à la gare de l'Est.

It's by forgering you become a smith
C'est en forgeant qu'on devient formidable.

Réponse de Roméo à Juliette qui s'étonnait des dimensions de sa virilité. Utile au boudoir.

Lugdunum omnibus est
Pour Lyon, ça va moins vite par la gare de l'Est.

Sans commentaire.

Manou militari !
Germaine s'est engagée dans les paras !

Expression populaire à Rome, au début de la décadence, qui aurait eu pour cible l'impératrice Germaine Tibère, célèbre pour ses tournées nocturnes des popotes en Palestine occupée, et notamment au Golgotha où elle connut l'extase dans les bras des gardes du tombeau du Christ, permettant ainsi à ce dernier de ressusciter sans se faire remarquer.

Mens sana in corpore salo
En tout homme, il y a un cochon qui sommeille.

Premières paroles de la version latine de l'*Internationale*.

Mettez-moi donc un kilo de tomates, Mrs. Carrington. Non. Pas de celle-là. Ma femme dit qu'elle est farineuse.

Extrait de *Ma vie à Londres en 1940* par Charles de Gaulle. Peut s'utiliser chez n'importe quel détaillant en légumes. Penser à changer le nom de la marchande.

Modus Vivaldi
Vivaldi sait s'habiller.

Réplique de Josette Bach à son mari Jean-Sébastien qui lui demandait s'il était beau dans son nouveau pourpoint.

Motus Vivaldi
Ta gueule, Vivaldi.

Chut (en vieux vénitien).

Panem et circenses
Pas des nems, des nids d'hirondelles.

Célèbre apostrophe de Mme Sans-Gêne au cuisinier vietnamien de Fontainebleau qui lui servait de la viande le vendredi saint 1815.

Remember, camember
N'oublie pas le fromage.

De Victor Hugo à sa gouvernante à Jersey. A rapprocher du fameux « Navarro, Livarot » de Henri IV. Le sens de ces expressions n'est pas clair. A utiliser seulement pour la beauté de la rime.

Rule Britannia, they have melons
Ils ont des chapeaux ronds, vive la Bretagne.

Devise d'Anne de Bretagne, aujourd'hui encore gravée dans la pierre au pied de la tour nord du château de Nantes, juste au-dessus de « Fifi aime Nénette ».

Se habla espagnol
L'Ibère sera rude.

Devise des armées franquistes pendant la guerre civile.

Si parla italiano
L'Italie, c'est par là.

Réponse cinglante d'Abd El-Kader à Bugeaud qui lui réclamait des nouilles.

Testis unus, testis nullus
On ne va pas loin avec une seule couille.

Vieux dicton romain. D'abord employé par les garagistes à propos des roues de chars brisés dans les courses, il a pris un sens moderne sensiblement différent. Signifie actuellement : « Pour moi ce sera une glace à deux boules. »

To be or not to be, that is the question of the superbank
Être ou ne pas être, c'est la question du superbanco.

Dernière parole de Hamlet, dans *The Game of the mill ball!* de Shakespeare.

Veni, vidi, vici
Je suis venu nettoyer les cabinets.

Titre de l'hymne des travailleurs immigrés arrivant en France.

Vis comica
On devrait enfermer les comiques.

« L'abbé Pierre à Lambaréné » (Le Tintoret).

A

Afrique, célèbre continent en forme de pomme de terre nouvelle.
La superficie de l'Afrique impose le respect. A part l'Amérique, l'Asie, l'Europe et, à moindre titre, l'Océanie, peu de continents peuvent se vanter d'être aussi vastes.
Au nord, l'Afrique est peuplée de chèvres, appelées biques, et d'Arabes, appelés également biques, mais de loin, car certains sont susceptibles.
Les Arabes, fréquemment mâtinés de Berbères, forment un peuple fier et orgueilleux avec un tapis sur l'épaule. Ils envahirent la France bien avant le mildiou, mais furent arrêtés à

moitié, dans le Poitou. Nous leur devons les chiffres arabes, le chewing-gum arabique et la virilité glacée de nos tours sarrasines.

Au sud, l'Afrique est peuplée de Noirs qui répondent au nom de « Mamadou », sauf au Sahel où ils ne répondent rien du tout, à cause du sable dans les oreilles et de l'intolérable souffrance irradiant sans trêve leur paroi stomacale desséchée par la faim atroce et palpitante qui les raye un à un de la carte du monde dans l'indifférence placide des nantis du Nord assoupis dans leurs excès de mauvaises graisses.

Les Noirs ont le rythme dans la peau, la peau sur les os et les os dans le nez. Peu doués pour la planche à voile, le ski de fond, le marchandising et la bourrée poitevine, le Noir moyen, à sa naissance, présente peu de chances de devenir un jour président des États-Unis. Pour l'y aider néanmoins, l'homme blanc, reprenant à son compte une vieille coutume appelée esclavage, l'envoya gratuitement en Amérique où il fit merveille dans les plantations de coton. Au début, les Américains ne virent dans l'homme noir qu'un grand enfant, mais, peu à peu, ils durent se rendre à l'évidence : c'était également un excellent appât pour la chasse à l'alligator.

Après une brutale interdiction légale de l'esclavage, l'Afrique put lutter efficacement contre sa terrible dépopulation grâce à la colonisation. Pionniers superbes, les hardis colons n'hésitèrent pas à combattre la mouche tsé-tsé à mains nues et le paludisme à coups de trique, tout en encourageant la natalité en violant eux-mêmes les femmes noires. Après la colonisation, les Noirs connurent une terrible mais courte période de torpeur. Puis, reprenant du poil de la bête, ils se colonisèrent eux-mêmes.

Quand un Blanc dit qu'un Noir est un con, on dit que le Blanc est raciste. Quand un Noir dit qu'un Blanc est un con, on dit que le Blanc est un con. Ce en quoi l'on a tort. On peut très bien être noir et con. Sauf en Afrique du Sud où seuls les Blancs sont cons. A part Ted.

Les principales ressources de l'Afrique sont l'arachide, plus communément appelée cacahuète ; le cuivre, dont on fait les planches à voile submersibles ; les diamants, qui clignotent en vain aux phalanges boudinées des charcutières ; les lions royaux, que nous enfermons dans nos cages afin que les enfants d'imbéciles viennent en gloussant les voir mourir d'ennui ; le cacao, et si peu d'endives que cela ne vaut pas la peine d'en parler.

L'Afrique est le continent des vacances. Au

Nord, il n'est pas rare d'y rencontrer, d'avril à novembre, des tas de congétistes bigarrés et de pimpants piliers de comité d'entreprise, marchandant âprement les immondices en terre cuite qui décoreront désespérément le dessus de leur téléviseur. A l'Ouest, plus bas, donc plus cher, le sombre cadre supérieur, l'obtuse attachée de fesses, le bellâtre creux des créatifs publicitaires, tout ce que l'Europe molle compte de petits nantis, bronzent frénétiquement en février dans l'espoir d'épater en mars d'autres immuables crétins bureaucratiques, aussi cons certes, mais plus pâles. A l'Est, encore plus bas, encore plus cher, le président déchu, l'écrivain alcoolique, le roi du showbizz bottés, casqués, bazookés, couperosés d'importance, posent sans grâce au-dessus du cadavre fragile de la gazelle, ou près du rhinocéros abattu dont la corne, arrachée au cuir, s'ira planter au-dessus de la cheminée du manoir, mandrin terrible et luisant que la bourgeoise au foyer astiquera sans malice en murmurant du Brahms.

La reddition du maton de la Bastille.

B

Bastille (la), célèbre forteresse construite à Paris, à la porte Saint-Antoine, entre 1370 et 1382.
Ce fut d'abord une citadelle d'où les militaires aimaient s'entretuer, mais c'est en tant que prison d'État qu'elle commença à connaître une notoriété que lui envient, aujourd'hui encore, bien des maisons d'arrêt pourtant cotées au hit-parade des QHS.
Le plus célèbre prisonnier de la Bastille fut évidemment Voltaire. Le moins célèbre fut Jean-Paul Petit-Boudu : moi-même, je ne sais pas qui c'est. C'est vous dire.
Bernard Palissy mourut à la Bastille en 1589,

dans d'atroces souffrances morales. Il avait été enfermé à cause de sa foi huguenote qui le faisait douter du dogme de l'Immaculée Conception, se gausser du culte des saints, et boycotter crânement les processions du 15 août. A une époque où le protestantisme était aussi violemment combattu que la peste noire ou le judaïsme, c'était de la provocation. Avant de rendre l'âme, Bernard Palissy, avec un lyrisme et une richesse de style surprenants chez un antipapiste, décrivit brillamment sa propre agonie dans un petit livre intitulé : *Palissy : la sortie*.

Nicolas Fouquet, vicomte de Vaux et surintendant des Finances royales, supporta mieux l'humidité glacée des cachots de la Bastille et l'humour, également glacé, de ses gardiens. Au point que Louis XIV dut le tansférer à la citadelle de Pignerol où le prisonnier daigna enfin trépasser, les chevilles, naguère enflées par la gloire, broutées par des hordes de rats piémontais insensibles au charme trouble de cet homme d'élite qui sut toute sa vie rester beau sans cesser d'être fonctionnaire.

On le regrettera plus que cette salope de Marie-Madeleine. Je ne fais pas ici allusion à la groupie fesses-au-vent de Notre Seigneur, mais, bien sûr, à la cynique Marie-Madeleine, ci-devant marquise de Brinvilliers, qu'on embastilla longuement avant de la brûler en place de Grève. Cette femme, qui assassina maintes honnêtes gens en leur faisant avaler des mixtures qu'on n'oserait pas servir dans une pizzeria des Champs-Élysées, ne mérite ni notre attention ni même un détour dans le Michelin.

Latude (Jean-Henri de), aventurier méridional et champion de l'évasion, passa trente-cinq ans en prison, dont pas mal à la Bastille. Il s'était attiré les foudres royales à force de comploter contre la Pompadour, ce qui était de fort mauvais goût, surtout sous Louis XV. Le folklore français voit aujourd'hui encore en Latude une espèce de héros jovial et pétaradant. Cela est bien dans l'esprit de notre peuple, très épris de fanfaronnades, de franchouillardises, de risquouillettes, d'escroqueries au portillon, de fricotinages et de belmonderies. En réalité, Latude était un malade mental : chaque fois qu'il réussissait à s'évader, il allait chez lui et n'en bougeait plus, l'envie de sortir totalement brisée à la seule idée que la porte était ouverte.

Voltaire connut bien les geôles de la Bastille à une époque où, sauf son respect, il avait encore des couilles au cul : par la suite, fort nous est d'admettre qu'il se plia devant les puissants, et singulièrement devant Frédéric II de Prusse, en périlleuses et dégradantes courbettes d'une servilité qu'on ne rencontre plus guère, de nos jours, que chez les producteurs de télévision vautrés au paillasson des directeurs de chaînes. On notera pour l'anecdote que Voltaire inventa son fauteuil, sur les conseils de son camarade de cellule, Gérard Abascule, qui avait perdu son siège à l'Assemblée dans les conditions douteuses que l'on sait. La promiscuité du Faubourg Saint-Antoine, aujourd'hui encore quartier du meuble, compta évidemment pour beaucoup dans cette éclosion de talent ébénistique à la Bastille.

Terminons en rappelant que la Bastille était quasiment vide lorsqu'une brassée d'excités la prit vaillamment d'assaut un jour d'été 1789.

C'était la révolution des bourgeois.

Ils sont toujours au pouvoir.

B. Tavernier essayant de corrompre le jury du festival de Cannes 1984 (photo Paris-Match).

C

Cannes (06400), chef-lieu de canton des Alpes-Maritimes (arrondissement de Grasse). 71 247 habitants en comptant les femmes et les juifs. Haut lieu du tourisme balnéaire international, célèbre pour sa croisette bordée de palmiers et pleine de connes emperlousées traînant des chihuahuas, Cannes brille surtout pour son festival annuel du cinéma où les plus notables représentants de la sottise journalistique parasitaire côtoient les plus éminentes incompétences artistiques internationales, entre deux haies de barrières métalliques où, sinistrement empingouinés, le havane en rut ou la glande mammaire au vent, pressés, tassés, coincés, luisants comme des veaux récurés qu'on pousse à l'abattoir, tous ces humanoïdes chaleureusement surgelés se piétinent en meuglant sous les brames effrayants des hordes populaires. Hormis le congrès annuel des garçons de bain cégétistes et les soirées gourmettes chez Régine, peu de réunions mondaines laissent suinter autant de vulgarité.

Mais Cannes n'est pas seulement le paradis des pellicules. A s'y promener l'hiver, on s'aperçoit bientôt qu'elle forme, avec Nice sa voisine, l'un des plus grands mouroirs à rupins du monde. Au moindre rayon de soleil, vieux poussins frileux, ils s'extraient en tremblant de leur béton cossu, odieusement pomponnés en yachtmen ou en princesses des mille et une rides. Doucement, à petits pas, ces fossiles dorés s'en vont moirer encore le cuir fripé brun caca de leur vieille tête aux traits déjà morts à force de chirurgie, de lassitude et d'ennui confortable. Sur le coup de midi, ils iront chipoter du groin au-dessus d'un homard, avant de se recroqueviller sur leur coussin d'or pour une sieste agitée de remords tardifs et de renvois de sauce rouille. Puis, si le crépuscule est tiède, trottineront vers le port de plaisance pour aller caresser leur bateau à moteur en acajou super Barbès d'où ils ne partiront plus jamais debout, mais sur le pont duquel, quand le temps reste clair, ils s'appuient encore aux haubans, leur nez refait pointé vers Dieu pour lui demander s'il existe.

Douaumont : saute-mouton devant l'ossuaire.

D

Douaumont (55100), commune de la Meuse (arrondissement de Verdun), sur les Hauts de Meuse.
Point fort de la défense de Verdun, théâtre de violents combats en 1916.
L'ossuaire de Douaumont est très joli. Il contient les restes de 300 000 jeunes gens. Si l'on mettait bout à bout tous les humérus et tous les fémurs de ces garçons et leurs 300 000 crânes par-dessus, on obtiendrait une ravissante barrière blanche de 2 476 kilomètres pour embellir le côté gauche de la route Moscou-Paris.
Le sacrifice des 300 000 morts de Douaumont

n'a pas été vain. Sans Verdun, on n'aurait jamais abouti à l'armistice de 1918, grâce auquel l'Allemagne humiliée a pu se retrouver dans Hitler. Hitler sans lequel on n'aurait jamais eu l'idée, en 1945, de couper l'Europe en deux de façon assez subtile pour que la Troisième soit désormais inévitable.

« Les derniers moments de Paul Eluard » (J-P. Laurens).

E

Eluard (Christian, Baptiste, Paul), dit Cricri. Fils caché de Paul, Cricri Eluard doit aujourd'hui encore à la notoriété de son père d'être resté dans l'ombre, bien qu'il habite Nice, plein sud, face au goudron.

Élevé au sein par une nourrice dubitative qu'il tétait d'ailleurs de droite et de gauche, Cricri Eluard voulut dès son plus jeune âge se séparer de l'étiquette surréalisto-communiste attachée au nom paternel et n'a jamais montré qu'un intérêt poli envers le martyre, le don de soi, le sacrifice au drapeau et les beuveries cosmopolites populacières des anniversaires du Débarquement.

Des écrits de Cricri, peu méritent d'être cités dans le présent ouvrage. Nous leur préférerons cette admirable page de Paul Eluard. Ami lecteur, si tu la connais, tu m'arrêtes.

Sur le collier du chien que tu laisses au mois d'août
Sur la vulgarité de tes concours de pets
Sur l'étendard nazi et sur le drapeau rouge
Sur la rosette au coin du vieillard officiel
Sur les blousons kaki, sur les képis dorés
Sur le cul blanc des féministes
Sur le mandrin des misogynes
Sur le béret obtus des chauvins aveuglés
Sur la croix des cathos, le croâ des athées
Sur tous les bulletins et sur toutes les urnes
Où les crétins votants vont se faire entuber
Sur l'espoir en la gauche
Sur la gourmette en or de mon coiffeur de droite
Sur la couenne des connes aplaties sur les plages
Sur l'asphalte encombré de cercueils à roulettes
Sur les flancs blancs d'acier des bombes à neutron
Que tu t'offres à prix d'or sur tes impôts forcés
Sur la sébile humiliante et dérisoire

Qu'il faut tendre pourtant à tous les carrefours
Pour aider à freiner l'ardeur des métastases
Sur le mur de la honte et sur les barbelés
Sur les fronts dégarnis des commémorateurs
Pleurant au cimetière qu'ils ont eux-mêmes empli
Sur le petit écran qui bave encore plus blanc
Sur l'encéphalogramme éternellement plat
Des muscles, des Miss France et des publicitaires
Sur l'étendard vainqueur de la médiocrité
Qui flotte sur les ondes hélas abandonnées
Aux moins méritants des handicapés mentaux
Sur la Bible et sur *Mein Kampf*
Sur le Coran frénétique
Sur le missel des marxistes
Sur les choux-fleurs en trop balancés aux ordures
Quand les enfants d'Afrique écartelés de faim
Savent que tu t'empiffres à mourir éclaté
Sur le nuage
Sur la lune
Sur le soleil atomique
Sur le cahier d'écolier de mes enfants irradiés
J'écris ton nom
HOMME.

« La veulerie de saint François » (musée d'Assise).

F

François prénom masculin, signifiant littéralement : « Mon Dieu, quel imbécile ! » ; du celte *fran* (« mon Dieu ») et *cois* (« quel imbécile » !).
En effet, tous les gens qui s'appellent François sont des imbéciles, sauf François Cavanna, l'écrivain, François Chatelet, le philosophe, et François Cusey, de chez Citroën, qui a honoré l'auteur de son amitié pendant leur incarcération commune au dix-huitième régiment des Transmissions à Épinal. Tous les François sont des imbéciles. La preuve en est que, lorsqu'ils croisent un imbécile, certains l'appellent François.

Le plus souvent, l'ambition, pour ne pas dire l'arrivisme, des François, est à la mesure de leur imbécillité, bien que je n'arrive pas à me faire à l'idée qu'il y ait deux « l » à l'imbécillité alors qu'imbécile n'en prend qu'un. *Dura lex*, mais bon.
Quand ils sentent le vent tourner, grâce à leur instinct d'imbécile, les François n'hésitent pas à s'engager dans la Résistance en 43, 44, 45, voire, pour les plus sots, en 46. Grâce à la longueur de leurs crocs, qui laissent des traces sur les moquettes ministérielles où ils plient l'échine jusqu'à ramper pour obtenir la moindre poussière de pouvoir, les François peuvent espérer se hisser un jour sur le plus élevé des trônes, celui du haut duquel, dans l'ivresse euphorique des cimes essentielles, l'imbécile oublie enfin qu'il est posé sur son cul. Alors, serein, benoît, chafouin, plus cauteleux que son hermine et plus faux que Loyola, il entraîne paisiblement le royaume à la ruine, en souriant comme un imbécile.

« Les derniers moments de Charles de Gaulle » (J.-P. Laurens).

G

Gaulle (Charles DE), général et homme d'État français né à Lille (1890-1970).
Né dans une famille pauvre mais digne, noble mais propre, Charles de Gaulle fut élevé dans l'amour de la patrie, le respect du drapeau, la dévotion à Jeanne d'Arc et la foi en Dieu sans qui l'oiseau qui trille, le ruisseau qui chante et le cancer qui ronge n'existeraient pas.
Bon élève, bon camarade, Charles souffre dès l'enfance d'une timidité presque maladive, due sans doute à son aspect physique étonnant. A douze ans, il est déjà grand comme une planche à voile, avec de beaux yeux lourds d'épa-

gneul déçu, un menton fuyant les mondanités sous une bouche d'une tristesse de Chopin surmontée d'un nez plus grand que mon interphone.
En 1913, au bal des Petits-Lillois, cet appendice nasal considérable fait forte impression sur la jeune et belle Yvonne de Taizon Nozémois qui avait ouï-dire que plus un homme avait le nez long, plus longue était son espérance de vie.
Elle l'épouse à Saint-Mauroy, c'est la joie, et la guerre de 14 peut commencer.
Charles brille au feu, à cause, diront les mauvaises langues, de son nez. Il n'en est rien. Le 20 mars 1917, à Verdun, l'épée au poing, il prend seul d'assaut un poste ennemi, faisant 14 prisonniers. Plus tard, dans ses mémoires, le chef de poste prussien, encore ébloui par ce fait d'armes, écrira : « Ach ! » Le lendemain, 21 mars, c'est le printemps. Philippe Pétain, pas encore maréchal mais déjà con, décerne au colonel de Gaulle la médaille de bronze du lancer du javelot. Charles est décoré par Roche et Bobois. C'est la joie, et la guerre de 14 peut continuer.

Après l'armistice, comme tous les militaires quand ils n'ont personne à tuer, Charles s'emmerde. Fort de son expérience au front, et très

inquiet de l'ampleur du réarmement métallique allemand, il met en garde ses supérieurs dans un livret intitulé *Au fil de l'épée* qui fera pouffer le général Gamelin, futur commandant en chef des Forces françaises de septembre 39 à juin 40, période au cours de laquelle il fit preuve d'une si considérable inefficacité stratégique qu'il n'a même pas sa photo dans le *Larousse*.
Le 16 juin 1940, à midi, il fait 27° à l'ombre à Paris. Écœuré, de Gaulle gagne l'Angleterre le 17.
Le 18 juin, d'un bureau climatisé de la BBC, il lance l'appel du même nom, au terme duquel il demande aux Français de résister à la chaleur en allant batifoler dans les sous-bois jusqu'à ce que ça fraîchisse.
Le 6 juin 1944, enfin, le thermomètre n'affiche plus que 13° à six heures du matin. On peut faire du bateau au bord des plages normandes sans risquer l'insolation. Ce jour-là, on verra même des Américains (tous de grands enfants) se baigner tout habillés pour aller pêcher le pruneau de mer.
« Mets une laine », dit Yvonne de Gaulle à son mari, qui sort pour prendre le pouvoir sous la pluie. Les vivats surexcités de milliers de cons gelés, fébrilement occupés à retourner leur veste, l'accueillent sur les Champs-Élysées et

renforcent en lui l'idée que les Français sont des veaux.
Écœuré pour la seconde fois, de Gaulle laisse bientôt ces bovidés s'entrebrouter sans lui. Le cœur lourd et la déroute sous le bras, il va vivre à la campagne. C'est là qu'il rédigera, d'une plume étonnamment fine chez une cigogne de sa corpulence, des livres immenses auprès desquels les catalogues et les maupassanteries des roitelets d'aujourd'hui font figure de bouche-vitrine pour la gare Saint-Lazare, départ banlieue.
Le 13 mai 1958, à midi, sur les marches du forum d'Alger, il fait 31º à l'ombre. Les chevaux et les militaires commencent à piaffer. « Seul de Gaulle peut nous tirer de là », s'écrie le roi kaki local, au bord de l'apoplexie insolationniste. Le 18, de Gaulle et les cocus sont au balcon. Immense et solitaire, face à la foule, les bras et les jambes écartés en signe de ventilateur, le général — mais vous ai-je seulement dit qu'il était général ? — lance son fameux : « Je vous hais, compris ? »
La foule crie bravo, parce que c'est la foule, et qu'elle est malentendante, pour ne pas dire sourde, et malcomprenante, pour ne pas dire sotte. Par la suite, il fera de plus en plus chaud. « Cet homme nous a trahis », meuglera la foule.

A Paris, cependant, le fond de l'air est frais. « Mieux vaut un bon petit froid sec qu'une mauvaise petite pluie fine, mais, tout de même, mets ta laine », dit Yvonne de Gaulle à son mari qui sort ramasser le pouvoir sous la brise. Il le gardera plus de dix ans. Puis s'en ira mourir à petits pas forestiers et tombera sur la mousse à grand fracas de chêne abattu.

Depuis, nous n'avons plus de grand homme, mais des petits qui grenouillent et sautillent de droite et de gauche avec une sérénité dans l'incompétence qui force le respect.

« Les quatre amants d'Hélène Gomez » (P. Picasso).

H

Hélène, princesse grecque, héroïne de *l'Iliade*, célèbre par sa grande beauté. Elle était si belle que, sur son passage, les roses rouges des jardins de Troie pleuraient de rage leurs pétales de sang. Hélène s'en souciait peu. Petite et porcelaine, elle ondulait pieds nus sur le marbre blanc, les seins pointillant sous la soie trouble, le cul ferme et décidé, posant sur l'Achéen le regard sacrilège de ses yeux éméchés. Les hommes d'acier parfois laissaient la guerre pour fondre au feu terrible de son sourire à bouche offerte où se lisait estompée l'inoubliable promesse des plus vibrants paroxysmes.

Hélène était la fille de Léda et de Zeus. Ce dernier, dont la moralité n'aurait pas résisté à une fouille à la frontière turque, eut recours au plus odieux des stratagèmes pour séduire Léda.

La sachant coutumière de siestes ombrées au bord du lac Thermolactos, il n'hésita pas à se transformer en cygne pour aller trompeter de joie près de la belle assoupie qui, connement ornithophile comme la plupart des jeunes filles qui ne se sont pas encore fait fienter sur la robe de bal en flirtant sous les platanes de Cavaillon, commença sans malice à lui lisser le col. De cette idylle contre-nature, Léda, outre Hélène, eut trois autres enfants. Clytemnestre, future femme d'Aga bien qu'elle n'eut pas le même nom, et les impayables duettistes Castor et Pollux, dont la mise sur orbite a formé la Constellation des Gémeaux.

Quand Léda comprit de quelle bassesse elle avait été victime, elle entra dans une colère olympique, lapida le cygne à mort, et se le servit confit, entouré de pommes sarladaises revenues dans la graisse de cygne et garnies de champignons de Pâris.

Cependant, Hélène s'épanouissait à l'ombre des oliviers. Frêle enfant au rire frais comme un ruisseau d'été, elle sautillait gaiement derrière les papillons blancs, cheveux au vent et

feu au cul. Un jour qu'elle s'effleurait alanguie au pied d'un cyprès, elle vit passer sur un cheval blanc un très joli roi charmant qui, champêtre et luxurieux comme on peut l'être au printemps, mit pied à terre pour contempler un peu cette fée naturelle aux yeux mi-clos qui semblait jouer d'une harpe invisible au creux de ses blondeurs secrètes. « Bonjour, belle Hélène, je suis Ménélas, et vous trouve émouvante. »
Elle savait qu'il avait fondé Sparte et qu'il était monté comme un âne. Elle lui donna son cœur, ses fesses, trois enfants et l'occasion de caracoler fièrement devant Troie à quelque temps de là. Offenbach et ses deux librettistes, qui furent les trois plus grands humoristes du second Empire, vous raconteraient cela mieux que moi.

Sainte Hélène (280-330) fut la mère de l'empereur Constantin, celui qui voyait des croix partout et auquel les papes d'aujourd'hui doivent encore de pouvoir déconner au balcon sans risquer de finir aux lions. Avant de faire sainte, cette Hélène-là concubinait notoirement avec Constance Chlore. On voit par là combien les mœurs au sein de l'Église ont évolué dans le bon sens. De nos jours, une salope désireuse de se faire béatifier devra désormais brûler bien des cierges et fumer maints archevêques.

Les Hélène sont généralement fières, hardies, dures au chagrin mais fragiles au fond, pimpantes, égales d'humeur, indispensables. Celles qui sont nées sous le signe des gémeaux connaîtront un grand amour avec moi, mais pas maintenant, il faut que j'attaque la page des « I ».

Bourgueillais ayant fui le mildiou accueillis à Mexico (photo L'Illustration).

I

Indre-et-Loire, département bénéficiant du numéro 37, au sud-ouest du Bassin parisien, constitué par l'ancienne province de Touraine. Préfecture : *Tours* ; sous-préfecture : *Chinon, Loches*. 3 arrondissements, 30 cantons, 278 communes, 6 158 kilomètres carrés, 438 000 habitants, dont 1 423 mourront bientôt d'un cancer, au terme d'un calvaire physique et moral auprès duquel celui du Christ au Golgotha fait figure d'aimable promenade champêtre. Parmi ces 1 423 personnes, et en accord avec les statistiques formelles du Centre national de la recherche scientifique, on peut dénombrer d'ores et déjà 78 communistes, 423 catholiques, 1 nègre, 143 femmes trahies dont 1 au seuil même de la chambre nuptiale, sur le paillasson de l'Auberge des Trois-Chasseurs à la Chapelle-sur-Loire et avec la complicité frénétique d'Arlette Falopiot, dite « l'Épuiseuse », 1 jardinier désespéré qui faisait pousser des cris dans la plaine saumuroise, 223 gaullistes mous, 29 anciens d'Algérie, 2 avocats blonds, 6 petits enfants vraiment très beaux, 103 déçus du socialisme mais pas trop, 2 végétariens hystériques sans enfants parce que c'est de la viande, 1 employé aux écritures qui a très bien connu Jacques Balutin, 11 absentéistes périodiques pour coryzas bidon, 2 cheminots retraités dont 1 ancien résistant sous la micheline Tours-Saumur et 1 responsable du comité d'entreprise de la SNCF très recherché dans les milieux ferroviaires pour son aptitude à raconter les histoires belges à la veillée pendant les vacances de la section A du groupe Paul-Thorez au château de Montsoreau, où il connut d'ailleurs la première alerte, en l'occurrence une stridente douleur hypogastrique qui pulvérisa son sourire et le plaqua au manteau de la cheminée Louis XIII en pierre de tuffeau véritable, au moment même où il allait finir celle du Bruxellois qui en a une toute petite, 4 boulangers dont 1 par vocation, 2 par habitude et 1 par haine du soleil, 2 mercières totalement fermées à l'humour des grandes surfaces, 923 partisans du retour à la peine de mort et 1 tenancier de pressing maghrébin, pour ne pas dire un raton laveur.

Deux remarques après l'énoncé de cette liste :
1. Le total annoncé de 1 423 cancéreux est largement dépassé. Avant de mettre hâtivement en doute les facultés mathématiques de l'auteur, le lecteur fera bien de songer aux cumuls possibles. A titre d'exemple, on notera que rien ne s'oppose à ce qu'un communiste soit en même temps nègre, végétarien et boulanger trahi, pour peu que sa femme soit blanche et libérale de tendance carnivore antifournil et miches à l'air.
2. Aucun vigneron ne figure dans cette liste de cancéreux tourangeaux. C'est que les vins de Touraine sont anticancérigènes. Les vins de Bourgueil, notamment, légers, délicatement framboisés, rouge pivoine au soleil et clairs en bouche, ne se contentent pas de susciter au palais l'esprit léger des bords de Loire. Ce fin nectar constitue en outre un véritable repoussoir à métastases. Je sais de quoi je parle, ayant toujours en cave un roulement de 300 bouteilles de bourgueil, je n'ai pratiquement jamais de cancer. D'ailleurs, je n'en aurai jamais, je

suis contre la mort. L'important est de ne pas oublier de boire.

En dehors des cancers qu'elle suggère, somme toute, en assez petite quantité, si l'on compare ces chiffres à ceux de la mortalité par connerie pure chez les militaires de carrière, la Touraine fournit des asperges, des escargots non comestibles et des couchers de soleil sanguins de toute beauté. Pays plat sans platitude aux routes minces courant dans les vignes et les champs, la Touraine offre au rêveur à bicyclette des soirs de paix tranquilles presque insupportables, comme est insupportable la vraie splendeur des roses qui poussent aux flancs des maisons blanches et basses, parce que les paix crépusculaires et la beauté des roses ne sont qu'éphémères agonies, demain matin je dois passer à la banque, le monsieur vient pour le gaz, on va dîner chez les Bourbier, et j'ai un peu mal là, j'espère que ça ne sera rien.

« Les derniers moments de Jaurès » (J.-P. Laurens).

J

Jaurès (Jean), homme de gauche intelligent et honnête, né à Castres en 1859, mort à Paris en 1914. Professeur de philosophie au lycée d'Albi dès l'âge de vingt-cinq ans, il est très aimé de ses élèves auxquels il sait parler de Kant avec humour, d'une très belle et très forte voix chaleureuse qui va bien avec sa grosse barbe carrée.

Malgré sa grande propreté morale, il devient député du Tarn. A la Chambre, son éloquence, sa très grande érudition et l'émouvante sincérité de son discours social réveillent parfois ses collègues. En 1893, il adhère au socialisme par conviction (authentique !), et organise l'unité du parti socialiste dont il devient le chef sans intriguer.

Il fonde *l'Humanité*, qui est alors un journal de gauche.

Dans son livre *les Preuves*, qu'il publie en 1898, il prend vigoureusement parti pour le capitaine Dreyfus, par l'effet d'un besoin incontrôlé, instinctif et irrépressible de justice dont les manifestations ostensibles lui valent le mépris d'une bonne partie de son électorat prolétaire et petit-bourgeois. Sinon, les enfants l'aiment bien, et il caresse les têtes des chiens qui passent, même quand il n'y a pas de photographe de presse autour.

D'une constitution physique très robuste, Jean Jaurès, selon son médecin personnel, était bâti pour vivre cent cinquante ans. Mais Dieu, dans son infinie sagesse, ne voulut pas que cet homme de bien connût le déshonneur de voir les néo-socialistes au pouvoir en France dans les années 80. Aussi le fit-il assassiner en son temps par un imbécile extatique très attaché aux idéaux guerriers.

« La métamorphose de Pancho Villa » (Goya).

K

Kafka (Franz), écrivain tchèque de langue allemande, né à Prague (1883-1924), auteur de romans (*le Procès, le Château*), de nouvelles et d'un journal intime, qui exprime le désespoir de l'homme devant l'absurdité de l'existence. Kafka était juif, mais il n'en tirait ni joie ni fierté, ni honte ni tristesse. En réalité, Kafka ne tirait ni joie ni peine de rien ni personne. Simplement, il se sentait mal à l'aise depuis ce matin de 1883 où, alors que tout allait bien pour lui, il est né. Il conçut de cet événement un dégoût inexplicable qui ne le quitta qu'au jour de sa mort. Toute sa vie, cet homme marcha à côté de sa tête. Il avait la vie comme

on a le cancer, et se heurtait aux conformités, tel le cafard enfermé butant au mur sans jamais trouver la faille au trou noir salvateur.
Il avait le désir d'aimer mais ne savait pas. Souvent lui venait l'envie de dire : « Bonjour, homme mon frère, mon semblable, mets ta main sur mon épaule, porte un peu mon chagrin, viens chanter dans ma vie. » Mais quelque chose l'en empêchait, et il disait : « Bonjour, monsieur Odradek. Espérons qu'il ne va pas pleuvoir. »

La nouvelle la plus connue de Kafka — c'est plutôt un roman de près de cent pages — s'appelle *la Métamorphose (Die Verwandlung)*. Comme l'essentiel de son œuvre, elle a été traduite en français par Alexandre Vialatte qui est assurément l'un des plus grands écrivains de ce demi-siècle, ce ne sont pas les trous du cul du nouveau roman qui me péteront le contraire. En fait, le travail de Vialatte sur les textes de Kafka ne relève pas seulement de la simple traduction, c'est la même musique et la même chanson, et c'est normal car ces deux hommes étaient infiniment semblables, éblouissants d'intelligence, pétris du même humour sombre, l'un et l'autre perpétuellement en état de réaction lucide contre l'absurdité fondamentale des guichetiers infernaux de l'administration des âmes. Vialatte avait le désespoir plus souriant, Kafka la dérision plus maladive, mais ces deux-là suivaient le même chemin.

En allemand comme en français, *la Métamorphose* commence ainsi : « Un matin, au sortir d'un rêve agité, Grégoire Samsa s'éveilla transformé dans son lit en une véritable vermine. Il était couché sur le dos, un dos dur comme une cuirasse, et, en levant un peu la tête, il s'aperçut qu'il avait un ventre brun en forme de voûte, divisée par des nervures arquées. La couverture, à peine retenue par le sommet de cet édifice, était près de tomber complètement, et les pattes de Grégoire, pitoyablement minces pour son gros corps, papillotaient devant ses yeux. » Il va sans dire que cette situation inconfortable sera très mal vécue par Grégoire, jusque-là employé modèle, car sa métamorphose, en l'empêchant d'aller au bureau, provoquera chez les parents Samsa une bien compréhensible déception devant l'attitude inconvenante de leur fils.

Méfiez-vous des contrefaçons. Si vous ne possédez pas à fond la langue allemande, ne lisez de Kafka que les traductions garanties Vialatte. Les autres doivent être considérées comme des interprétations libres, aussi loin de

Kafka que les improvisations d'Yvette Horner sont loin des Brandebourgeois. C'est une tendance qu'on retrouve chez quelques metteurs en scène de théâtre ou chorégraphes, et qui consiste, faute de talent authentique, à fienter autour des œuvres de ceux qui en ont, pour se donner l'illusion qu'ils existent.

Exemple : cette traduction de *la Métamorphose* signée Roland Barques : « Un matin, dans un nid de scarabées noirs installés sous l'évier de la cuisine des Fournier, 87, rue de la Marne à Puteaux, l'un de ces coléoptères, au sortir d'un rêve agité, s'éveilla transformé en employé de la BNP. A la place de ses élytres, il portait une chemise " Guy Dormeuil habille les hommes forts " et il tamponnait des traites à quatre-vingt-dix jours en fredonnant *Stranger in the night*. »

Je dis que trop c'est trop.

Larminier testant le cancer du genou (photo Niepce). **L**

Larminier (Pierre-Henri), homme de science et chercheur français célèbre pour avoir vaincu le cancer (1931-1984).
Infirmier dans le service de cancérologie d'un hôpital de la région parisienne, Larminier devait constater, après de nombreuses observations et recoupements effectués en 1983 sur plus de deux mille cas que :
1. Les patients venant la première fois en consultation de cancérologie s'y rendent par leurs propres moyens, seuls et sur leurs deux jambes, parfaitement valides.
2. A chacune des visites suivantes, les patients donnent des signes de plus en plus visibles

d'épuisement. Certains, même très jeunes, perdent subitement leurs cheveux et deviennent progressivement bouffis de visage comme sous l'effet de certains poisons ou alcools absorbés à doses toxiques.

3. Dès que ces patients cessent de se rendre chez leur cancérologue, leurs troubles disparaissent, leurs cheveux repoussent, leur visage reprend un aspect normal et leur fatigue générale s'estompe.

4. Si, après un laps de temps moyen évalué par Larminier à deux ans minimum et sept ans maximum, ces patients retournent voir leur cancérologue, les troubles cités plus haut s'installent à nouveau et, cette fois, de façon irréversible.

5. L'observation de ces phénomènes prouve donc de façon formelle que le cancer est une maladie provoquée par les cancérologues.

« Morituri salue sa tante » (P.D. Lomo).

M

Morituri (Léonidas), médecin, physicien, philosophe, humaniste, sociologue et véliplanchiste vénitien né à Venise (1981-2060), célèbre pour ses travaux sur le travail.

La doctrine philosophique de Léonidas Morituri repose sur le concept fondamental de la double existence de l'homme « être » et « non-être » qui ne peuvent se rejoindre qu'après la mort dans un « non-Au-delà ». Avant la mort, l'« être » ne peut se substituer au « non-être » ni l'« effacer », mais l'« être » conscient peut « essuyer » le « non-être » dans une introspection réfléchie volontaire : « Je pense, donc j'essuie. »

En 2009, Morituri révolutionnait le tourisme vénitien en créant les premières gondoles à moteur six cylindres en V à boîte de vitesses automatique, et le 4 mars 2010, méritait le prix Nobel de physique en traversant le grand canal de Venise en sept secondes huit dixièmes ; les gondoliers pouvaient désormais transporter 11 234,7 amoureux à l'heure, soit un bond prodigieux de neuf cents pour cent par rapport à l'époque des gondoles Diesel.

Certes, on était encore loin de la Venise moderne que nous connaissons aujourd'hui, avec ses canaux bétonnés, ses ponts rasés et son palais des Doges rehaussé des trente étages abritant le ministère européen de Sauvegarde des Sites, mais c'était déjà un progrès, et le progrès, c'est toujours un pas de plus, je ne saurais pas vous dire vers quel sommet, vers quel abîme de félicité, mais l'important c'est d'avancer. D'avancer les yeux fermés pour ne pas voir venir le coup de faux définitif au coin du bois où nous n'irons plus danser.

« La pénurie de sapin » (Kiki Santa-Claus).

N

Noël nom donné par les chrétiens à l'ensemble des festivités commémoratives de l'anniversaire de la naissance de Jésus-Christ, dit « le Nazaréen », célèbre illusionniste palestinien de la première année du premier siècle pendant lui-même.

Chez le chrétien moyen, les festivités de Noël s'étalent du 24 décembre au soir au 25 décembre au crépuscule.

Ces festivités sont : le dîner, la messe de minuit (facultative), le réveillon, le vomi du réveillon, la remise des cadeaux, le déjeuner de Noël, le vomi du déjeuner de Noël et la bise à la tante qui pique.

Le dîner : généralement frugal ; rillettes, pâté, coup de rouge, poulet froid, coup de rouge, coup de rouge. Il n'a d'autre fonction que de « caler » l'estomac du chrétien afin de lui permettre d'attendre l'heure tardive du réveillon sans souffrir de la faim.

La messe de minuit : c'est une messe comme les autres, sauf qu'elle a lieu à vingt-deux heures, et que la nature exceptionnellement joviale de l'événement fêté apporte à la liturgie traditionnelle un je-ne-sais-quoi de guilleret qu'on ne retrouve pas dans la messe des morts.
Au cours de ce rituel, le prêtre, de son ample voix ponctuée de grands gestes vides de cormoran timide, exalte en d'eunuquiens aigus à faire vibrer le temple, la liesse béate et parfumée des bergers cruciphiles descendus des hauteurs du Golan pour s'éclater le surmoi dans la contemplation agricole d'un improbable dieu de paille vagissant dans le foin entre une viande rouge sur pied et un porte-misère borné, pour le rachat à long terme des âmes des employés de bureau adultères, des notaires luxurieux, des filles de ferme fouille-tiroir, des chefs de cabinet pédophiles, des collecteurs d'impôts impies, des tourneurs-fraiseurs parjures, des O.S. orgueilleux, des putains colériques, des éboueurs avares, des équarisseurs grossiers,

des préfets fourbes, des militaires indélicats, des manipulateurs-vérificateurs méchants, des informaticiens louches, j'en passe et de plus humains.
A la fin de l'office, il n'est pas rare que le prêtre larmoie sur la misère du monde, le non-respect des cessez-le-feu et la détresse des enfants affamés, singulièrement intolérable en cette nuit de l'Enfant.

Le réveillon : c'est le moment familial où la fête de Noël prend tout son sens. Il s'agit de saluer l'avènement du Christ en ingurgitant, à dose limite avant éclatement, suffisamment de victuailles hypercaloriques pour épuiser en un soir le budget mensuel d'un ménage moyen. D'après les chiffres de l'UNICEF, l'équivalent en riz complet de l'ensemble foie gras-pâté en croûte-bûche au beurre englouti par chaque chrétien au cours du réveillon permettrait de sauver de la faim pendant un an un enfant du Tiers Monde sur le point de crever le ventre caverneux, le squelette à fleur de peau, et le regard innommable de ses yeux brûlants levé vers rien sans que Dieu s'en émeuve, occupé qu'Il est à compter les siens éructant dans la graisse de Noël et flatulant dans la soie floue de leurs caleçons communs, sans que leur cœur jamais ne s'ouvre que pour rôter.

La remise des cadeaux : après avoir vomi son réveillon, le chrétien s'endort l'âme en paix. Au matin, il mange du bicarbonate de soude et rote épanoui tandis que ses enfants gras cueillent sur un sapin mort des tanks et des poupées molles à tête revêche comme on fait maintenant.

Le déjeuner de réveillon : la panse ulcérée et le foie sur les genoux, le chrétien néanmoins se rempiffre à plein groin, se revautre en couinant de plaisir dans les saindoux compacts, les tripailles sculptées de son cousin cochon et les pâtisseries immondes, indécemment ouvragées en bois mort bouffi. Ô bûches de Noël, indécents mandrins innervés de pistache infamante et cloqués de multicolores gluances hyperglycémiques, plus douillettement couchées dans la crème que Jésus sur la paille, vous êtes le vrai symbole de Noël.

La bise à la tante qui pique : après avoir vomi son déjeuner, le chrétien reçoit la tante qui pique et la donne à sucer à ses enfants. Si elle pique beaucoup, la tante qui pique devra attendre le Nouvel An pour que les enfants du chrétien aillent lui brouter le parchemin maxillaire contre deux cents grammes de confiseries.

Le Nouvel An est l'occasion de festivités exactement semblables à celles de Noël, à ce détail près qu'il s'agit cette fois d'un rite païen.

Le défilé de mode papou (photo Hamilton).

O

Océanie un des cinq continents, poliment méprisé par la plupart des quatre autres.
L'Océanie est un archipel compris entre l'Asie à l'ouest et l'Amérique à l'est. Certaines de ses îles ne sont que des atolls madréporiques offrant de singuliers paysages tout à fait incroyables et peu prévisibles dans l'imagerie traditionnelle du Bellifontain moyen.
Les habitants de l'Océanie sont les Papouins, les Javaniques, les Australous et les Malaisés. Certains portent des plumes autour des pieds, d'autres vont fesses au vent, d'autres encore mangent des chiens et appellent leur cochon

Kiki, au lieu de faire le contraire, et le Bellifontain s'étonne un peu plus.
Les animaux océaniens sont l'émeu, le galéopithèque, le dingo, le nasique, le koala, l'aptéryx, le cygne noir, le gibbon soucieux, l'ornithorynque, la lyre-jacasse, qui n'a pas sa langue dans sa poche, et le kangourou non plus.
L'Océanie produit du café, des épices, du quartz aurifère, du camphre et de l'indigo qui donne son bleu soutenu à la moquette de la salle des fêtes de l'Association sportive de Fontainebleau.

La vilenie du comte de Paris (photo Détective).

P

Paris ville de France aux murs chargés d'histoire et au sol couvert de crottes de chiens.
Les premiers habitants de Paris s'appelaient les Parisiiiiiiii à cause de leur habileté à glisser et à freiner dans les crottes de chiens. Aujourd'hui, les habitants de Paris s'appellent les Parichiens parce qu'ils aboient pour faire pousser les pommes de terre. Exemple : « T'avances, eh, patate » (VICTOR HUGO, *Racines*).
Paris est le siège du gouvernement de la France. Tous les cinq ou sept ans, une bande d'incompétents cyniques de gauche succède à une bande d'incompétents cyniques de droite, et le peuple éperdu d'espoir s'écrie « On a

gagné » à travers les rues de Paris, sans même s'apercevoir qu'il continue de glisser dans la merde de la Bastille à la Nation.

Peinard, face à la Seine, le palais bourbonne. Paris est célèbre dans le monde entier par le nombre incroyable de ses arrondissements. Ces principaux arrondissements sont : le premier, le deuxième, le troisième, le quatrième, le cinquième, le sixième, le septième, le huitième, le neuvième, le dixième, le onzième, le douzième, le treizième, le quatorzième, le quinzième, le dix-septième, le dix-huitième, le dix-neuvième, le vingtième.

De nombreux plans de Paris font également état d'un seizième arrondissement ; mais nous préférons ici le passer sous silence, car c'est un arrondissement extrêmement vulgaire, tape-à-l'œil et gourmetté au point que les passants n'y passent pas, ils cliquettent.

Revoyons maintenant la ville de Paris arrondissement par arrondissement avec une attention plus soutenue.

1ᵉʳ arrondissement : remarquable pour la place Vendôme dont la beauté tranquille abrite de feutrés diamantaires courbés d'émotion devant les satrapes orientaux cousus d'or noir. Pour le musée du Louvre aux statues égyptiennes inhumaines à force de pureté, et son premier étage où le gardien fier mais usé répète en vain que « non, madame, la Joconde, ce n'est pas une toile, c'est sur du bois ». Et puis aussi pour le jardin des Tuileries, trop bien rangé-carré peut-être, mais dont les marronniers, de siècle en siècle, continuent d'ombrager les amours naissantes et les ruptures orageuses, ponctuant sobrement les soupirs et les pleurs du ploc-ploc rustique de leurs marrons mûrs s'éclatant sur les gueules des transis enlacés.

2ᵉ arrondissement : la Bourse à ma gauche, les putes à ma droite, c'est l'arrondissement de l'argent en gros et de l'amour en stock.
Du côté de la rue d'Aboukir, des juifs débordés virevoltent, les bras chargés de coupons de rayonne. Le chômeur mou les regarde courir. Il se demande s'il est vraiment urgent de vendre du tissu quand il fait si beau.

3ᵉ arrondissement : « à l'âge où s'amuser tout seul ne suffit plus », j'ai connu une naine rue des Minimes. Cela ne s'oublie pas. Employée aux Archives nationales, elle avait un sens du rythme époustouflant. C'est, à ma connaissance, la seule documentaliste assermentée capable de téter un homme en twistant sur du Cloclo.

4ᵉ arrondissement : le centre Pompidou a longtemps divisé les Parisiens en trois grandes catégories : ceux qui trouvaient ça laid, ceux qui trouvaient ça beau, et ceux qui se demandaient s'il fallait trouver ça laid ou beau pour avoir l'air dans le coup. Rien n'est plus incertain que le sens architectural des Parisiens. On a vu les mêmes honnir le Sacré-Cœur et s'esbaudir à Beaubourg après avoir déchiré leur T-shirt en pleurant des larmes de sang devant la démolition des ferrailleries utilitaires de M. Baltard.

5ᵉ arrondissement : on en retiendra le Panthéon, où s'entreposent de considérables rogatons que les puissants temporaires viennent fleurir en s'émouvant face aux caméras, l'hôpital du Val-de-Grâce où les militaires ont le bon goût de souffrir un peu, le jardin des Plantes, où les enfants se rient de la plainte du loup fou enfermé, qui tourne et tourne en rond jusqu'à saigner des griffes, et les foutoirs estudiantins hantés de longilignes couillons pré-fatigués, embrumés d'herbes troubles et peu prompts à penser.

6ᵉ arrondissement : moins authentique qu'une euphorie au Préfontaines, c'est le quartier Latin. D'ailleurs, on y mange mal, mais grec.

Merci mon Dieu, merci Carpeaux, le jardin du Luxembourg a conservé son charme bon chic, bon genre, belles dames de France encore un peu crinoliennes et poussant des landaus raffinés sous les fenêtres du palais où passe, parfois feutrée, l'ombre balzacienne d'un sénateur enflé. De Saint-Placide à Vavin, les enfants du collège Stanislas, la nuque droite et l'œil poli, continuent d'assurer la survie du blazer en milieu para-texan.

7e arrondissement : tour Eiffel : vous qui pleurez sur Baltard, rappelez-vous que vos grands-pères identiques exigèrent à hauts cris la destruction de cette « vivante apologie métallique du mauvais goût français ». De considérables sommités médicales déclarèrent sans rire qu'« on s'y pouvait faire mourir de la raréfaction de l'air après le premier étage ». Les mêmes, pour tout dire, pérorent encore à l'Ordre des médecins où, faute d'avoir pu brûler Pasteur pour hérésie, ils se vengent en pourchassant le guérisseur, convaincus qu'ils sont de détenir de droit divin le monopole de l'incompétence face au cancer.

8e arrondissement : bruyant, affairé, fourmillant le jour, ce quartier devient, à la nuit tombée, plus sinistre qu'un chapeau mou sur un potentat soviétique. C'est le pays des bureaux. La nuit, les gardiens du même nom affichent tristement sous leur casquette l'œil méticuleux des mortels gagne-petit préoccupés de se ménager l'avenir en s'achetant des crématoriums en viager. Saint-Lazare est essentiellement une gare de banlieue. On ne s'y étreint guère pour des adieux mouillés comme à Montparnasse ou Austerlitz. On s'y bouscule, on s'y piétine, on s'y hait brièvement. La buraliste s'agace, le guichetier fulmine, le merguézien n'a pas la frite.

Sur le mur de la Cour du Havre, à plus d'un mètre du sol, on peut lire sous un trait large peint à l'huile : « Crue de 1910. » On dit aujourd'hui que, par la grâce des ingénieurs des Eaux-et-Rivières susceptibles de hauts et bas, Paris est désormais à l'abri d'un tel débordement. Et je dis que c'est triste. L'idée de mourir un jour sans avoir eu la chance de voir Paris noyé à hauteur de béret m'est intolérable. Les bagnoles qui puent, qui vroument, les mammifères de bureau vibratiles, les pépés grommeleux à bout de chien chieur, les amoureux par deux, les Nippons touristiques, contempler toute cette vase d'humanité pour quelques heures enfouie sous l'eau lisse et tranquille de la Seine éternelle, dans le silence où passe une mouette étonnée qui se pose sur la crête émergée d'un parcmètre englouti et voit passer trois képis bleus flottant vers Rouen et les mers atlantiques, ah, merde à Dieu, mourir après je veux bien, voir Naples avant, je m'en fous.

9ᵉ arrondissement : appelé ainsi en hommage à Blanche de Castille qui s'y fit engrosser neuf fois par Henri le Mutin.
C'est le seul arrondissement de Paris réellement digne d'intérêt. Ce jugement péremptoire pourra choquer le lecteur en droit d'attendre plus d'objectivité de la part d'un dictionnaire, mais, compte tenu de la partialité de certains bulletins météorologiques, ou de l'orientation politique sournoisement insufflée dans la rédaction des pages jaunes de l'annuaire, j'aurais tort de me gêner, comme disait Blanche de Castille en noyant ses fœtus sous le Pont-Neuf, appelé ainsi pour les raisons déjà précisées plus haut.
L'intérêt du neuvième arrondissement de Paris, aux yeux subjectifs de l'auteur, ne réside pas dans le fait qu'on y rencontre, rue Pigalle ou rue Frochot, d'inamovibles hétaïres isothermiques, le jambon toujours offert aux frimas montmartrois. Ni dans l'élégant fourmillement des grands magasins où la Parisienne épanouie pimpe à tous les étages. Ni dans l'érotisme

glacé des Folies-Bergère (entrez, blancs moutons...). Ni dans l'ordonnancement m'as-tu-vu des beaux immeubles du baron Haussmann. Simplement, c'est là, dans le neuvième arrondissement, entre le Printemps et l'Olympia, qu'ont brûlé mes années jeunes, que j'ai fait mes plus belles bêtises et mes plus beaux enfants. On n'a pas idée d'avoir ses racines et sa nostalgie si loin des pâquerettes, mais aujourd'hui encore, tandis qu'à l'ordinaire je bourgeoise et jardine à l'autre bout de Paris, le cœur me serre à la traversée de la Chaussée-d'Antin.

10ᵉ arrondissement : quartier gris. La rue Lafayette qui finit mal, avec ce pont hideux de ciment croisé au-dessus des rails. La gare de l'Est, la gare des guerres allemandes et des services militaires à Épinal :

> « Avec ce train ventru
> qui ronronne et soupire
> et qui va nous conduire
> jusqu'au malentendu. »

11ᵉ arrondissement : c'est le lieu commun du non-tourisme parisien. L'Américain s'y fait rare, le Nippon s'y désole, le Hollandais lui-même s'aperçoit qu'il s'y emmerde. Le onzième n'irradie pas. Il est anti-monumental. Et ne me parlez pas de l'église Saint-Ambroise. Quand je la croise, j'ai honte pour Dieu.

12ᵉ arrondissement : le campanile de la gare de Lyon bande au sud, c'est plus gai. Au bord de Seine et de mourir bientôt sous les bulls, les entrepôts de Bercy où j'ai mes amis pour trinquer sous les arbres, forment un fabuleux village finissant, qui sent bon la futaille et les caves d'antan. Rue de Château-Lafite, cour Margaux, enclos du Maconnais, rues pavées à l'herbe hirsute cernées de maisons basses. Passe un vieux chat tripode. Dans l'antre poussiéreux de ses cognacs centenaires, M. Celestin se chauffe au poêle de fonte qu'il a acheté en 1928, putain d'année pour les bordeaux.

13ᵉ arrondissement : normalement, aux avrils moins frais où les clochards s'enfuient effarés de la Salle Pétrière, il en est un, plus très quinquagénaire et franchement haillonné, qui rêve assis place d'Italie, au coin de l'avenue de Choisy. Je connais par cœur le texte du panneau de carton sale calé par sa sébile et qui lui tient lieu de carte de visite :

« J'ai soif.
A titre indicatif, notez
Les tarifs moyens pratiqués dans
Le quartier
Petit blanc : 3,50 F
Ballon de rouge : 2 F
Demi-pression : 4 F. »

14e arrondissement : pour les ultimes fanas du charleston, les fantômes titubants des Fitzgerald ivres morts hantent peut-être encore le mont Parnasse de Port-Royal à la Gaîté. Mais les années ne sont plus folles. Plus de peintres à la Coupole. Des cadres.

15e arrondissement : le cimetière de Vaugirard est le plus petit de Paris. Personne ne sait vraiment où il est. Quelquefois les morts ne savent pas y aller. Ils attendent le Jugement dernier dans de fragiles autos noires mal garées rue Lecourbe.
Au début des années soixante, à la caserne Dupleix, entre le boulevard de Grenelle et l'avenue de Suffren, devant la guérite qui fait face à la rue Desaix, se tenait, troufioniquement raide et grossier, un sous-officier de cavalerie rouge viné qui accueillait les enfants en âge de guerre coloniale par des beuglements

triomphaux : « Alors, les petits pédés, on l'a dans le cul ! »
J'espère qu'il est mort dans d'atroces souffrances.

17ᵉ arrondissement : c'est l'arrondissement le plus riche en grandes places rondes et cossues aux terrasses feuillues et garnies d'écaillers prospères. A leurs tables, le bourgeois lent suce l'huître en appréciant la bourse. Au lycée Carnot, où j'ai souffert avec soin d'être obligé d'apprendre, nous étions fiers et bêtes. La fesse gauche de mon professeur de philo avait été mordue par un obus allemand, et le maître de chimie avait la voix flûtée. Nous les appelions Demi-Lune et Quart-de-Couille. La honte aujourd'hui encore m'empourpre. Peut-être espèrent-ils que je suis mort dans d'atroces souffrances ?

18ᵉ arrondissement : les samedis de soleil voient les automobiles s'emplir de Parisiens familiaux chargés de presse-purée, de chats domestiques et de progénitures énervées. A midi chaud, la fourmilière est vide et frappée de silence. Alors, des murs gris des boulevards, de la Chapelle à Clichy, suinte lentement la coulée douce des immigrés. Désolamment endimanchés ou quasiment princiers dans les toges arrogantes des rois de pays peuhl, ils sortent promener leur solitude comme on va faire pisser son chien, sans joie, sans trop penser, et en trottant derrière. Çà et là, quelque raciste pauvre les croise avec dédain.

19ᵉ arrondissement : rue de Belleville ou avenue Secrétan, le marché est partout et tout le temps. C'est le Paris-village encore qui dure. Merci poissonnier. Tu sens meilleur que le psychanalyste.
Aux Buttes-Chaumont, le plus vieux manège était déjà là quand mon père était petit. J'y mène mes enfants. Ça tourne et ça nous pousse. La mort est un tour de cochon.
Je me demande si le cimetière de la Villette n'est pas plus petit que celui de Vaugirard.

20ᵉ arrondissement : on me dit que c'est un quartier populaire. Il faudra que j'aille voir.

Tabernacle ! (Michel Petitange).

Q

Québec province du Canada située au nord-est des États-Unis, essentiellement peuplée de Berrichons en Cadillac appelés Québécois. La langue officielle est le français, qui est mâché par six millions de personnes.
Le Québécois est hospitalier, travailleur, rarement iroquois, souvent chômeur. Il est extraordinairement ouvert et souriant. On a même vu des fonctionnaires québécois dire bonjour. L'hiver, sa tête émerge à peine de deux mètres de neige. Il se bat contre la glace à coups de pelle fracassants que sa stature bûcheronne autorise à merveille. Détruire la glace est l'unique souci hivernal du Québécois. Il la

broie, la pile, la chauffe au chalumeau, la réduisant parfois en eau.
Aux beaux jours, le merle francophone trille la la outi. Le Québec aussitôt déshiberne et se met à fondre de partout, dans la rumeur bouillonnante de mille torrents fous. Alors, le Québécois s'affole de voir toute cette eau lui échapper. Il la stocke bien vite dans des congélateurs considérables et des distributeurs de glaçons que le visiteur étonné découvre à tout bout de champ de maïs en la moindre gargote. Conserver la glace est l'unique souci estival du Québécois.

Les villes les plus connues du Québec sont *Montréal* et *Québec*. Même mon beau-frère Christian, qui fait du rock'n roll, en a entendu parler.
Large, paisible et feuillue, Montréal s'enorgueillit de joyeuses rues piétonnes ouvertes aux palabres futiles et propices aux funambules. On y goûte aux terrasses le spaghetti et l'osso buco canadien, bassement calqué sur les recettes italiennes, à ce détail près que le bout de veau y est remplacé par des genoux de castor au sirop d'érable pour adoucir.
La nuit, rue Sainte-Catherine, au Club 281, six éphèbes oubliables s'étirent sans joie la zigounette sous le nez d'une clientèle féminine que

ces ondulantes caoutchouteries exacerbent peu, car la femme plus souvent bande à cœur.

Québec est plus montmartroise et, quoique altière et fortifiée depuis Champlain, plus putassement touristique, avec ses barbes à papistes, ses bateleurs frelatés, ses loubards las à motos sales. L'autochtone effrayé, avant de fuir l'août fébrile, met sa cabane au cadenas.

Les derniers moments de J.-M. Reiser (photo Chenz).

R

Reiser (Jean-Marc), philosophe français né d'un péché de la chair et mort d'un cancer des os (1941-1983).

Les notables de Saint-Gilles-Croix-de-Vie surpris par la marée montante (photo Ouest-France).

S

Saint-Gilles-Croix-de-Vie station de bains et port de pêche vendéen, entre Saint-Jean-de-Monts, au nord, et les Sables-d'Olonne, en dessous.
La plage est belle et le sable est fin. De mi-juillet à la fin août, l'ouvrier parisien, debout dans son caleçon coloré, les mains sur les hanches et tourné vers le large, se demande ce qu'il fait là. Il a le nez flamboyant au noroît, le cheveu qui moutonne à la brise, le regard étal, et l'humour à marée basse sous le flot montant des jacasseries balnéaires de sa belle-mère toujours recommencée.
C'est une plage comme une autre, avec des

joies simples de plage, et des jeux qu'on ébauche sans jamais les finir, avec de variqueuses épicières que la marée surprend, et de bruyants fraiseurs-sertisseurs, couchés dans le clapot, la fraise sertie d'algues mortes et le nombril ensablé. Au midi surchauffé, des connes définitives brûlent au second degré avec un soin extrême, se craquèlent et se cloquent sans frémir d'un orteil, dans l'espoir fou de se donner au cuir la couleur brun luisant des cacas bien portants. Parfois, quand le vent souffle de la terre, des enfants d'imbéciles disparaissent au large sur le matelas pneumatique publicitaire des moteurs Fend-la-Bise. La mouette s'inquiète à peine de leurs cris déchirants quand le froid les saisit à la lune.

Curiosité locale : Saint-Gilles-Croix-de-Vie est la seule ville de bord de mer au monde où les pouvoirs publics ont pensé à mettre des baraques foraines et des parkings automobiles tout autour du port afin que les touristes ne puissent jamais voir la mer et les bateaux. C'est une curiosité pétaradante qui mérite le détour, encore qu'on puisse jouir du même paysage sans quitter Clermont-Ferrand.

Le Tintoret (autoportraits).

T

Tintoret (Iacopo ROBUSTI, dit **le**), peintre italien, né à Venise (1518-1594). On lui doit un grand nombre d'œuvres religieuses ou historiques, remarquables par la fougue inventive et la puissance du coloris. La plupart de ces œuvres sont au palais des Doges de Venise et à la Scuola di San Rocco, à Venise également. On ressent assez vite, à la contemplation d'une toile du Tintoret, un léger ennui qu'on ne retrouve pas à la lecture de *Fluide glacial*, où Edika dessine très bien les bites.

« Les Ionesco à l'Unesco » (Popesco).

U

Unesco mot formé des initiales des mots anglais *United Nations Educational, Scientific and Cultural Organization*, institution spécialisée de l'Organisation des Nations unies, constituée en 1946 pour protéger les libertés humaines et développer la culture.
La maison de l'Unesco, à Paris, est l'œuvre des architectes Zehrfuss, Nervi et Breuer, qui feraient mieux de se cacher.

« I dernieri momenti di Antonio Vivaldi » (J.-P. Lorenzi).

V

Vivaldi (Antonio), compositeur italien, né à Venise (1678-1741).
Célèbre virtuose, auteur de musique religieuse, d'opéras, de sonates, de symphonies, il a imposé le concerto à trois mouvements et le couvre-feu à vingt-deux heures sur la piazetta di San Marco dont il fut le vicaire borné pendant plus de vingt ans.

Quand j'étais presque encore petit, à la campagne, j'attendais que la nuit d'été fût très noire pour installer le haut-parleur de mon « Teppaz » en haut du grand tilleul, et j'écoutais *la Notte* en comptant les étoiles, couché dans

137

l'herbe, et des vagues de chagrin voluptueux me couraient sur la peau, comme quand on est loin de l'autre qu'on aime et que c'est déchirant pour les joies ordinaires.
Aujourd'hui, j'ai une maxi-chaîne deux fois cent watts. En grandissant, l'oreille s'affine et le cœur se serre.

« La reddition de Jaruszelsky » (Lech Toulouselsky-Lautrecsa).

W

Warszawa (fr. VARSOVIE), ville polonaise où les arbres ont le droit de pousser la nuit.

Les travaux de Xaintrailles sur les gnous (photo W. Disney).

X

Xaintrailles ou **Saintrailles** (Pierre-Henri DE), zoologue français (1904-1980), descendant direct du maréchal Jean de Xaintrailles (1400-1461) qui accompagna Jeanne d'Arc au siège d'Orléans, à Chinon, à Vendôme, à Rouen ; bref, c'est tout juste s'il ne l'accompagnait pas aux cabinets.

Pierre-Henri de Xaintrailles fut le premier zoologue français à s'intéresser au gnou. Il est de fait qu'à part l'admirable poème d'Alfred de Vigny, *la Mort du gnou*, aucun ouvrage sérieux n'accordait à ce fier bestiau sud-africain la place qu'il méritait dans la littérature animalière scientifique. Dans ses deux essais majeurs

Sur les gnous et *le Gnou des Baskerville*, parus respectivement en 1947 et 1951, après les deux séjours de Xaintrailles à Baskerville (Afrique du Sud), l'auteur nous décrit par le menu les mœurs et coutumes d'une famille de gnous dont il partagea la tanière pendant plus de six mois avant de s'apercevoir que c'était des vaches.

En 1978, Xaintrailles retourne en Afrique, à la demande du gouvernement belge, pour étudier d'autres anthropoïdes. Le savant sillonnera pendant plus de six mois les bords de l'équateur avant de publier son troisième essai scientifique uniquement consacré aux grands singes. On en retiendra essentiellement le chapitre IV, dans lequel l'auteur nous décrit par le menu les mœurs et coutumes d'une femelle de gorille dont il partagea la tanière pendant trois mois avant de s'apercevoir que c'était un mâle.

Parmi les autres animaux sauvages étudiés par Xaintrailles, citons en vrac le rat des champs, la vache rieuse, le compère-lireli, la mésange fouille-merde, le crapaud joli.

Avant de mourir, le 6 mars 1980, broyé sous un cageot d'asperges, alors qu'il étudiait le rat des villes à la loupe devant chez Fauchon, Xaintrailles dit : « Aaaah. »

« Le Yang-Tseu-Kiang à sec » (Mao Tsé-Braque).

Y

Yang-Tseu-Kiang (le), le plus long fleuve de Chine, appelé aussi **fleuve Bleu** bien qu'il tire sur le rouge *.
Le Yang-Tseu-Kiang est un fleuve surprenant. Un de mes amis brasseur d'affaires internationales, qui l'avait bien descendu et à qui je demandais ses impressions, m'a répondu : « Le Yang-Tseu-Kiang est un fleuve surprenant. » C'est bien ce que je disais.

---

* En Chine, il est interdit de tirer sur quelque rouge que ce soit.

« Lou dernierus momentou di Zamenhof » (J.-P. Laurensou).

Z

Zamenhof (Lejzer Ludwik), médecin et linguiste polonais, né à Bialystok (1859-1917). On lui doit l'invention de l'espéranto.

Tout le monde s'en fout et c'est dommage. Quand on sait qu'à la base de tous les conflits, de toutes les haines, de toutes les guerres, de tous les racismes, il y a la peur de l'Autre, c'est-à-dire de celui qui ne s'habille pas comme moi, qui ne chante pas comme moi, qui ne danse pas comme moi, qui ne prie pas comme moi, qui ne parle pas comme moi ; quand on sait ces choses, dis-je, on est en droit de se demander si, par-dessus les têtes couronnées des potentats abscons qui nous poussent au massacre tous les quatre printemps, l'usage d'une langue universelle ne saurait pas nous aider à résoudre nos litiges et à tolérer nos différences avant l'heure imbécile du fusil qu'on décroche et du clairon qui pouète. Enfin. Bon. Utopie.

Lejzer Ludwik Zamenhof est mort à Varsovie le 5 septembre 1917, dans des circonstances dramatiques. Il n'est pas trop fort de dire qu'il est mort pour l'espéranto. Ce jour-là, il descendait la Vistule. Un alligator, d'autant plus désagréable qu'il s'emmerdait tout seul (la proportion d'alligators par habitant en Pologne n'atteint pas zéro pour mille), fit volontairement chavirer son frêle esquif dans les eaux troubles et glauques. L'alligator, qui ne savait pas nager, coula à pic. Quant à Zamenhof, c'est en vain qu'il appela à l'aide les nombreux pêcheurs à la ligne témoins du drame. Aucun de ces braves hommes ne parlait l'espéranto. Aucun ne comprit que le vibrant « Au secouro ! » poussé par Zamenhof signifiait « Au secours ! ». Ainsi, alors que d'autres, comme la marquise de Pompadour, réussissent une carrière grâce au maniement d'une langue, Lejzer Ludwik Zamenhof mourut d'avoir voulu montrer la sienne à tous les passants.

Aujourd'hui, Zamenhof repose à l'ombre d'un

grand cyprès dans le cimetière juif de Varsovie.

Pourquoi au cimetière juif, alors que, de notoriété publique, il était plus catholique qu'un essaim d'intégristes ? Parce que Zamenhof, jusqu'au bout fidèle à son idéal, avait exigé que l'adresse de sa dernière demeure figurât en espéranto sur le couvercle de son cercueil.

Pour un croque-mort polonais, hélas, l'espéranto, c'est de l'hébreu.

DU MÊME AUTEUR

Manuel de savoir-vivre à l'usage des rustres et des malpolis
Seuil, 1981
et « Points », n° P401

Les Grandes Gueules par deux
(en collaboration avec Patrice Ricord et Jean-Claude Morchoisne)
L'Atelier, 1981

Vivons heureux en attendant la mort
Seuil, 1983, 1991, 1994
et « Points », n° P384

Des femmes qui tombent
roman
Seuil, 1985
et « Points », n° P479

Pierre Desproges se donne en spectacle
Papiers, 1986

Chroniques de la haine ordinaire, vol. 1
Seuil, 1987, 1991
et « Points », n° P375

Textes de scène
Seuil, 1988
et « Points », n° P433

L'Almanach
Rivages, 1988
et « Points », n° 2013

Fonds de tiroir
Seuil, 1990
et « Points », n° P1891

Les étrangers sont nuls
Seuil, 1992
et « Points », n° P487

La Minute nécessaire de monsieur Cyclopède
Seuil, 1995
et « Points », n° P348

Les Bons Conseils du professeur Corbiniou
Seuil/Nemo, 1997

La seule certitude que j'ai, c'est d'être dans le doute
Seuil, 1998
et « Points », n° P884

Le Petit Reporter
Seuil, 1999
et « Points », n° P836

Les Réquisitoires du Tribunal des flagrants délires, vol. 1
Seuil, 2003
et « Points », n° P1274

Les Réquisitoires du Tribunal des flagrants délires, vol. 2
Seuil, 2003
et « Points », n° P1275

Chroniques de la haine ordinaire, vol. 2
Seuil, 2004
et « Points », n° P1684

Tout Desproges
(intégrale)
Seuil, 2008

Desproges est vivant
Une anthologie et 34 saluts à l'artiste
Points, n° P1892, 2008

Desproges en petits morceaux
Les meilleures citations
Points, n° P2250, 2009

Le doute m'habite
Textes choisis et présentés par Christian Gonon,
sociétaire de la Comédie-Française
Points, n° P2357, 2010

Chroniques de la haine ordinaire
Point Deux, 2011

Françaises, Français, Belges, Belges
Public chéri mon amour
(dessins de Alteau, Sergio Aquindo, Cabu et al.)
Jungle (Bruxelles), 2011

Site officiel
www.desproges.fr